文春文庫

名《な》乗《の》らじ

空也十番勝負（八）

佐伯泰英

文藝春秋

目次

「空也十番勝負」主な登場人物

坂崎空也《さかざきくうや》
江戸神保小路にある直心影流尚武館道場の主、坂崎磐音の嫡子。父の故郷・豊後関前藩から、十六歳の夏に武者修行の旅に出る。

渋谷眉月《しぶやまゆつき》
薩摩藩八代目藩主島津重豪《しまづしげひで》の元御側御用、渋谷重兼の孫娘。父は重恒。

佐伯彦次郎《さえきひこじろう》
安芸広島藩浅野家重臣佐伯家の次男。間宮一刀流の剣術家。下男の伴作、愛鷹の千代丸と共に武者修行で諸国を巡る。

薬丸新蔵《やくまるしんぞう》
薩摩藩領内加治木から武名を挙げようと江戸へ向かった野太刀流の若き剣術家。長左衛門兼武と改名。

坂崎磐音《さかざきいわね》
空也の父。故郷を捨てざるを得ない運命に翻弄され、江戸で浪人となるが、剣術の師で尚武館道場の主だった佐々木玲圓《ささきれいえん》の養子となる。

おこん
空也の母。下町育ちだが、両替商・今津屋での奉公を経て磐音の妻に。

睦《む》月《つき》　空也の妹。

中《なか》川《がわ》英《えい》次《じ》郎《ろう》　勘定奉行中川飛騨守忠英《ただてる》の次男。睦月の夫。

霧《きり》子《こ》　姥捨の郷で育った元雑賀衆の女忍。嫡男は力之助。

重《しげ》富《とみ》利《とし》次《じ》郎《ろう》　尚武館道場の師範代格。豊後関前藩の剣術指南役も務める。霧子の夫。

速《はや》水《み》左《さ》近《こん》　将軍の御側御用取次。磐音の師、佐々木玲圓の剣友。おこんの養父。

田《た》丸《まる》輝《てる》信《のぶ》　尚武館小梅村道場の道場主。妻は早苗。

向《むこう》田《だ》源《げん》兵《べ》衛《え》　尚武館小梅村道場で後見を務める。

小《お》田《だ》平《へい》助《すけ》　尚武館道場の客分。槍折れの達人。

松《まつ》浦《うら》弥《や》助《すけ》　元公儀御庭番衆吹上組の忍。霧子の師匠。

季《き》助《すけ》　尚武館道場の門番。

品《しな》川《がわ》柳《りゅう》次《じ》郎《ろう》　尚武館道場に出入りする磐音の友人。母は幾代。

竹《たけ》村《むら》武《ぶ》左《ざ》衛《え》門《もん》　尚武館道場に出入りする磐音の友人。陸奥《むつ》磐城平《いわきたいら》藩下屋敷の門番。

愛宕神社
月輪寺
清滝川
空也瀧
嵯峨清滝
愛宕山周辺
越前
若狭
美濃
但馬
丹波
愛宕山
播磨
近江
祇園感神院
姫路城
四条大橋
摂津
山城
明石城
伊賀
妻鹿
魚ノ棚
大坂湊
河内
伊勢
大和
和泉
淡路
蕊尊院
内八葉外八葉
和歌山城
洲本
和歌浦
姥捨の郷
高野山
金剛峯寺
紀伊
潮岬

空也十番勝負　西国地図

伯耆
因幡
出雲
美作
石見
備中
備前
備後
岡山
安芸
福山
広島城
三原
尾道
高松城
丸亀城
多度津
讃岐
白石ノ鼻
千秋寺
道後温泉
阿波
松山城
土佐
伊予

東叡山
寛永寺
新吉原
山谷堀
尚武館小梅村道場
向島
竹屋ノ渡し
浅草
待乳山
聖天社
忍ケ岡
上野
下谷車坂町
三囲稲荷
今戸橋
不忍池
浅草寺
花川戸町
田原町
常泉寺
小梅村
新寺町通り
下谷広小路
新堀川
源森川
安藤家
下屋敷
浅草広小路
吾妻橋
湯島天神
業平橋
御厩河岸ノ渡し
品川家
十間川
首尾の松
北割下水
吉岡町
本所
法恩寺橋
今津屋
和泉橋
天神橋
新シ橋
筋違橋御門
浅草御門
石原橋
柳原土手
南割下水
両国橋
入江町
横川
小伝馬町
回向院
竪川
松井橋
薬研堀
鰻処宮戸川
一石橋
浮世小路
六間堀
大川
魚河岸
新高橋
猿子橋
日本橋
小名木川
新大橋
呉服町
日本橋川
万年橋
霊巌寺
鎧ノ渡し
深川
砂村新田
永久橋
金兵衛長屋
亀島橋
佐賀町
楓川
霊岸島
永代橋
仙台堀
八丁堀
永代寺
鉄砲洲
富岡八幡宮
佃島
越中島
堺橋
空也十番勝負　江戸地図

護国寺
中山道
日光御成街道
小石川
伝通院
本郷
下谷茅町
石切橋
牛込
豊後関前藩上屋敷
神田明神
水道橋
神田川
牛込御門
稲荷小路
表猿楽町
尚武館道場
駿河台
昌平橋
田安御門
市谷八幡宮
九段坂
神保小路
俎橋
雉子橋
市谷御門
一橋御門
千鳥ヶ淵
鎌倉河岸
善国寺谷通
麹町
神田橋
四谷
四谷御門
江戸城
本丸
大手御門
半蔵御門
道灌堀
西の丸
紀尾井坂
平川天満宮
和田倉御門
赤坂御門
馬場先御門
鍛冶橋御門
南町奉行所
京橋
数寄屋橋御門
溜池
三原橋
清水谷
木挽橋
幸橋御門
氷川明神
原宿
薬丸道場
愛宕権現
芝口橋
木挽町

この作品は文春文庫のために書き下ろされたものです。

編集協力　澤島優子
地図制作　木村弥世

名乗らじ

空也十番勝負（八）

第一章　間宮一刀流

一

秋の穏やかな陽射《ひざ》しを浴びて周防《すおう》の三田尻《みたじり》からゆっくりと瀬戸内《せとうち》の海沿いを歩き、およそ二十数里の安芸広島《あきひろしま》城下へと坂崎空也《さかざきくうや》は入った。

石高《こくだか》四十二万六千五百石広島藩浅野《あさの》家の藩主がだれか空也は知らなかった。知っているのは長門《ながと》、周防、石見《いわみ》、安芸地域で広島藩が一番の大藩ということだ。ということは剣術も盛んではないか、萩《はぎ》で聞き知ったことに期待していた。

夕暮れの刻限だった。

天満川《てんまがわ》、太田川《おおたがわ》、元安川《もとやすがわ》を渡りながら空也は、改めて大きな城下町だと思った。

だが、なんとなく町に活気がないように見受けられた。

空也は、木賃宿《きちんやど》を探して城下の町屋を歩き回り、京橋川《きょうばしがわ》の右岸に一軒の旅籠《はたご》を見つけた。

「一夜の宿を願えようか」

と声をかけると、

「へえへえ」

と言いながら番頭と思《おぼ》しき男衆《おとこし》が空也の形《なり》を見た。

「それがし、武者修行の途次《とじ》にある者だ。身形《みなり》はかようだが宿代は持参しておる」

と空也は言い訳した。

長崎会所《ながさきかいしょ》の高木麻衣《たかぎまい》から上海《シャンハイ》行の労賃として頂戴《ちょうだい》した金子《きんす》が背の道中嚢《どうちゅうのう》にある

空也は、萩を出て以来、野宿をしたことがない。

「このご時世、武者修行ですか、珍しゅうございますな」

「どこへ行ってもそう言われるな」

「こちらにどうぞ」

空也の返事を聞いた番頭が一階隅《すみ》の部屋に通し、

「立派なお体やが寝られんこともあるまい」

と三畳間を顎《あご》で指した。

「おお、十分じゃ」

「めしを食べるか、それとも湯に入るか」

「海沿いの道を歩いてきたので体が潮でべたついておる。できるならば湯に入りたい」

と空也は願った。

「よかよか、湯には公事《くじ》で城下に出てきた在所の爺様がふたり入っとるがな。うちは湯だけは大きい」

と番頭は三畳間を見た。

確かに湯船は三畳間より大きかった。

白髪《しらが》頭の爺様がふたり両眼を閉じて湯に浸《つ》かっている。

「相湯を願おう」

と断わると爺様が眼を開けてしばらく黙って空也の顔を見ていたが、

「仁王様も湯に入るか」

とひとりが洩《も》らした。

「城の侍じゃなかろう」

「こげんに顔が陽に焼けた侍はおるまい」

と言い合った。

「それがし、武者修行の旅でござる」

「はああ、武者修行な。金にはならん」

「ならんならん」

と空也を見ながら掛け合ったひとりが、どこから来たかと問うた。

「長門の萩城下からふらりふらりと三日をかけて広島城下に着いたところでござる」

空也が湯に入ると湯がこぼれそうになり、老人ふたりが慌《あわ》てて体を浮かせた。

「修行とは呑気《のんき》でいいのう」

「はあ、そうでもありません」

と曖昧《あいまい》な返事をした空也は、

「広島に剣道場はありますか」

「おお、間宮一刀流《まみやいっとう》となあ、多田円明二刀流《ただえんめいにとう》のふたつがあるぞ。一刀と二刀、どっちが侍さんはよかか」

「旅先で間宮一刀流の武名を聞きました」

「ならばお城の大手門《おおてもん》近くに立派な道場があるわ。まさか道場破りにおしかける心算《つもり》じゃなかろう」

「まずは見物です。出来ることならば稽古《けいこ》をさせていただけるといいのですが」

「この旅籠の番頭に頼んでみない。公事の仕切りにも詳しいで剣道場にも知り合いがおるかもしれんぞ」

と爺様のひとりが教えてくれて湯船から上がっていった。

空也は独りになってのうのうと湯に浸かり、

（そろそろ修行も終わりかな）

と思った。となるとまずは霧子《きりこ》姉に文を書かねばなるまいなと考えながら、湯から上がった。

旅籠の夕餉《ゆうげ》は台所の板の間に膳《ぜん》が出されて、風呂場で会った年寄りふたりが酒を飲んでいた。

「お侍さん、間宮一刀流の道場に訪ねたいな」

と番頭が空也に問い、

「稽古をつけていただけると有難いのですがね」

「あんたさん、運がいいかしらん」

と番頭が言った。

「運がいいて、なんの話な」

と年寄りのひとりが番頭に質《ただ》した。

「間宮一刀流には、若いが剣術の才人が門弟におったな。佐伯彦次郎《さえきひこじろう》様というてな、浅野様の重臣の家系よ。腕を認めた道場主の間宮先生が養子にと乞《こ》われたそうな。

ところが彦次郎さん、次の日に武者修行に出て広島から姿を消したとよ。まあ、そのあと、あちこちから、広島の剣の才人佐伯彦次郎様の評判が聞こえてきてな、間宮先生は、道場に断わりもせず黙って修行に出たと立腹しておられるそうな。もう五年も前のことや」

「それがどうしてこの若い衆に運がいいとやろか」

年寄りのひとりが空也に代わってあれこれと質してくれた。

「そりゃ、佐伯彦次郎さんの剣術は厳しゅうてな、腕を折られた門弟が何人もおったそうや。武者修行を終えたら、もっと凄い腕になっとるかもしれんじゃろうが。ところで、おまえさん、佐伯彦次郎と聞いたら立ち合っちゃいかんぞ」

と番頭が空也に忠告した。

「驚いたな。間宮一刀流にはさような若武者がおられましたか」

「着古した道中着のおまえさんと違ってな、絹物の衣装の佐伯彦次郎様の武者修行は下男連れでな、うちのような木賃宿には泊まらんと聞いておるぞ」

「ほう、下男を従えての武者修行ですか。それがしとえらい違いです」

空也は膳の箸《はし》を取り、なんの魚か分からない煮付けで麦飯を食し始めた。

「番頭さんや、浅野様の重臣の実家は分限者《ぶげんしゃ》やろな。倅《せがれ》を武者修行に出してよ、真綿の衣装を着て下男連れで立派な宿に泊まるには銭がかかろう」

「おまえさん方なら承知やろ。藩はこの数年、嵐やら凶作やら飢饉《ききん》続きで、城下で打ち毀《こわ》しが起こるほどや。それが佐伯彦次郎様は下男に千代丸《ちよまる》という名の鷹《たか》まで連れておるとよ。この背高《せいたか》のっぽの侍とはえらい違いやろ」

「はあ、愛鷹《あいよう》の千代丸と下男を伴い、絹物を召した武者修行者ですか。初めて聞きました。広島城下では打ち毀しが起こっているというのにどうしたら、さような真似《まね》ができるのでしょう」

と空也が飯を食う手を休めて聞いた。

「そこよ。彦次郎様の金子の出所は道場破りとよ」

と番頭が物知り顔に言い切った。

「道場破りで金子が稼げますか、どこの道場も内所は苦しいですよ」

「あのな、噂《うわさ》に伝わってきた話だと、まず城下一番の道場に目星をつけてな、彦次郎様は自ら十両を示して道場側にも十両を用意させる。十両を賭けての勝負やと、その勝負に連戦連勝やそうな」

「ほう、さような武者修行は初めて聞きます」

空也は自分の身形を見返した。

「あんたさんには無理やな」

「無理ですね。佐伯彦次郎さんの武者修行はなかなかのものですね」

「そう思うか」

「ええ、お互い十両を賭けた時点で、命のやり取りの真剣勝負にならざるを得ませんね。佐伯彦次郎さんは考えられました」

「あんたさん、いいな、佐伯彦次郎さんに出会ったら、決して勝負しちゃならんよ」

と番頭が繰り返して忠言《ちゅうげん》し、ふと気付いたように、

「もっとも十両なんてあんたは縁がないわな」

と言った。

「はい。勝負したくとも十両の持ち合わせはありません」

と答えた空也は、佐伯彦次郎が剣術修行を始めた間宮一刀流の道場を訪ねてみようと思った。

「あんた、間宮道場を訪ねるな」

「明日にも訪ねます」

「ならば師範代のひとりに吉峰将三郎《よしみねしょうざぶろう》さんがおられるとよ。わしとは、釣り仲間でな、京橋川の木賃宿孝蔵《こうぞう》の口利《くちき》きといいない。道場に入るくらいはできよう」

と番頭が親切にも言った。


翌日、三日分の旅籠代を前払いした空也は、鯉城《りじょう》とも在間城《ざいまじょう》とも呼ばれる広島城大手門から一丁ばかり離れた武家地にある間宮一刀流の間宮道場の重厚な長屋門を潜《くぐ》った。

道場の創始者間宮久也《ひさなり》は、正保《しょうほう》二年（一六四五）に二代目藩主浅野光晟《みつあきら》の師範になり、以後子孫代々間宮家は、十一代の藩主浅野家に仕えて、明治維新《めいじいしん》を迎えた名門剣術家だった。

むろん藩道場が城内にもあるのだろうと空也は想像した。大手門近くの武家地にある間宮道場も式台が設けられた堂々たる構えだった。

空也がご免と声をかけようとすると、初老の門弟か師範か、

「見学かな」

と先方から声を掛けてきた。

「いかにもさようです。師範代の吉峰将三郎どのはおられましょうか」

「それがしが吉峰《かし》じゃが」

と相手が首を傾げた。

空也が木賃宿の番頭孝蔵の口利きを伝えると、

「おお、孝蔵の貧乏宿に泊まっておるか。ほれ、横手の内玄関から道場に通りなされ」

と道場入りがあっさりと許された。

道場は二百五十畳ほどか、立派な見所《けんぞ》と神棚があった。

空也はどこの道場に通っても為《な》すようにまず道場の床に正坐をして神棚に拝礼した。そこへ吉峰が空也の傍《かたわ》らにきて道場主に断ったか、

「そなた、見学するなりなんなり好きにせよ」

と言った。

空也はこの場は本名で名乗るべきであろうかと迷ったが吉峰はその気がないのか、道場の見物人への習わしか姓名は聞かれなかった。

空也は道場の片隅にまずは正坐して瞑想《めいそう》し、備前長船派修理亮盛光《びぜんおさふねしゅりのすけもりみつ》と脇差《わきざし》をその場において木刀を手に素振《すぶ》りの稽古を始めた。いつものように、

「朝に三千、夕べに八千」

の薩摩《さつま》剣法野太刀《のだち》流の素振りだった。

どれほどの時が経過したか、

「おい、高すっぽ、素振りを止《や》めい」

と吉峰が声をかけてきた。

「おお、邪魔《じゃま》でございましたか」

「邪魔ではないが、そのほう、薩摩者か」

と聞いた。

「いえ、それがし、江戸の者にございます」

「そうか、江戸か。道場主の間宮先生が関心を持たれてな。わしに従え」

と命じられた。

「間宮先生、連れて参りましたぞ」

道場主の間宮久孟《くもう》は傍らの初老の武家と並んで空也を見ていたが、

「吉峰師範代、そなた、この者の名を承知か」

「おお、迂闊《うかつ》にも聞き忘れましたな。そなた、名はなんというな」

と吉峰が空也に尋ねた。空也が答えようとすると、

「師範代、武者修行の若武者、われら、すでに承知じゃ」

と間宮が言った。

「えっ、武者修行でしたか、彦次郎の武者修行とはだいぶ違うようで苦労をしておりますな」

いささか粗忽者《そこつもの》の吉峰が答えたものだ。

「この坂崎空也どのの武者修行が本道ではないか。彦次郎の武者修行は、武者修行とはそれがしには呼びたくないぞ。そう思われぬか」

と間宮が空也に姓名で問い、

「百人おれば百とおりの武者修行がございましょう」

「そなた、佐伯彦次郎を承知か」

と吉峰が空也に質した。

「吉峰様、存じませぬ」

「師範代、坂崎どのの素振りを見てどう思うた」

　とこんどは間宮が吉峰に質した。

「薩摩者かと思いまして当人に尋ねると江戸者と答えました。武者修行の地で薩摩の剣法をかじりましたかな。なかなかの素振りと見ましたぞ」

「この若武者は、江戸は神保小路《じんぼうこうじ》、直心影流尚武館《じきしんかげりゅうしょうぶかん》道場の跡継ぎ、坂崎空也どのじゃ」

　間宮の傍らに立つ武家が吉峰に言った。不意を衝《つ》かれたようにしばし沈黙していた吉峰の表情が変わった。

「ま、まさか、年寄《としより》、家斉《いえなり》様の覚えめでたき剣術家、坂崎磐音《いわね》様の嫡子《ちゃくし》と申されましたか」

「吉峰、訝《いぶか》しいならば当人に糺《ただ》してみよ」

　浅野家の重臣のひとり、藩主直属の年寄緒方亨伸《おがたゆきのぶ》が言った。

「そなた、あの坂崎磐音様の倅どのか」

「吉峰様、名乗るのが遅くなり申し訳ございませんでした。それがし、坂崎磐音の嫡男《ちゃくなん》、空也にございます。この四年余り西国《さいごく》を中心に武者修行をしておりました」

と名乗った空也は己《おのれ》の武者修行にも触れた。

「た、魂消《たまげ》たな。武者修行と申すゆえ、当今《とうこん》、佐伯彦次郎のことしか思い出さんでな。まさか、さような御仁《ごじん》とは思いもしなかったわ」

と吉峰師範代が己の迂闊を洩らし、

「このご時世じゃ、武者修行者は百人とはおるまい。それがしが知る武者修行者はそなたと、佐伯彦次郎のふたりしかおらぬ。そなた、彦次郎を承知か」

「吉峰どの、そなた様の釣り仲間、木賃宿の孝蔵どのから聞きました。愛鷹を携《たずさ》え、下男どのを伴い、絹物姿で武者修行とか。それがしのそれとはだいぶ違います」

「おお、そればかりではないぞ。彦次郎は東国を中心に武者修行をなしておるようだが、さような金子の出処を承知か」

「はい、内所の豊かな道場に眼をつけ、十両を差し出して勝てば相手から十両を得るとか」

「それが佐伯彦次郎の優雅な武者修行を支えておるのよ。どう思うな、坂崎どの」

「なんとも頭のよきことかと感心しております、真《まこと》のことでござろうか」

「どうやら事実らしいのだ」

浅野家重臣の緒方が苦々しく言い放った。

「緒方様、百人おれば」

「百とおりの武者修行のやり方があるか」

「はい」

と空也が答えると、

「佐伯彦次郎は間宮先生の厚意を無にしたばかりか、さような武者修行で浅野藩、間宮道場、さらには佐伯家にも不快な思いをさせておるわ」

「殿様はどうお考えでございますか」

「殿は病《やまい》でな、近々致仕《ちし》なされることになっておる。それがしにはなにも申されぬが殿の致仕は、彦次郎のこともありてのことと、勝手に思うておる」

緒方が藩政の内情まで告げて初対面の空也に言い切った。

ちなみにこの病の藩主浅野重晟《しげあきら》の致仕はこの年、寛政《かんせい》十一年（一七九九）八月二十一日に公《おおやけ》にされた。

「緒方様、いささか佐伯彦次郎の武者修行を低くお考えではございませぬか」

と間宮久孟が言った。

「なに、間宮先生は、彦次郎の所業を許してか」

「緒方様、坂崎空也どのの素振りをご覧になりましたな。坂崎どのも彦次郎も生死の場に身を置いてこの数年を生き抜いておりまする。空也どの、そなたが武者修行に出たのはいくつの折りじゃな」

と空也に問うた。

「間宮様、十六歳にございました」

「江戸からか」

「いえ、父の出生地豊後国関前《ぶんごのくにせきまえ》から薩摩に向かいました」

磐音はこうなった以上正直に話すべきと薩摩入国の経緯《いきさつ》を手短に述べた。

空也の話を聞いた間宮、緒方、そして吉峰の三人が茫然自失《ぼうぜんじしつ》した。

「武者修行とは間宮先生が申されたように生死のはざまで生き抜くことかと存じます。佐伯彦次郎様の一見煌《きら》びやかな武者修行も死の恐怖を振り払う手段かと存じます」

との空也の言葉に三人ががくがくと頷《うなず》いた。

二

稽古のあと、空也に改めて武者修行について聞きたいと、間宮から申し出があった。空也は道場での稽古を許されたことに感謝して、その申し出がなにか推量がつかないまま素直に受けた。

師範代の吉峰が三人の門弟の名を呼んで、稽古相手を務めよと命じた。

間宮一刀流の間宮道場では十指に入ると思しき門弟だけに年齢は空也より七、八歳上、あるいはそのうちの一人《いちにん》は三十歳を過ぎた年齢かと推量した。

「玉木《たまき》九次郎《きゅうじろう》、そなたが一番手じゃ」

と指名された玉木は三人のなかで一番若く、六尺と背丈《せたけ》もあり、厳しい研鑽《けんさん》の歳月が五体にも挙動にも表れていた。だが、大名家の家臣だけに道場稽古のそれだ、と空也は見た。

「はっ」

と短く答えて受けた玉木は空也に会釈《えしゃく》すると、

「木刀稽古でようございますか」

と質した。

初めて訪ねた道場での木刀の打ち合い稽古は怪我《けが》を招く。だが、両者がそれなりの技量に達していれば、お互いの攻めや守りを考えに入れつつ、充実した稽古ができるのも確かだ。

空也に木刀稽古の力があると玉木は察していたようで、

「お願いします」

と空也も受けざるを得なかった。

間宮道場ではふらりと訪ねてきた剣術修行者を相手に玉木九次郎が指名されて木刀稽古を為すのは珍しいと見えて、門弟衆が道場の壁際に下がった。

稽古の場を空《あ》けるというより、ふたりの打ち合いを見たいと思ってのことだ。

道場主の間宮と剣友の緒方は見所に下がり、ふたりの木刀稽古の立ち会いは師範代の吉峰が務めることになった。

「玉木、相手の坂崎空也どのはこの四年、武者修行を続けてこられた若者だ。そなたより若いというて力を軽《かろ》んじるではない」

と吉峰が注意した。

「師範代、坂崎どのは薩摩の剣術を承知ですか」

「おお、見てのとおりだ」

「相分かりました」

玉木九次郎は気を引き締めた表情で師範代に頷き返した。

両者の打ち合いは中段の構え、相正眼《あいせいがん》で始まった。

その瞬間、玉木の顔に驚きが走った。予測した薩摩剣法の構えと違った正眼の構えに驚いたのかもしれない。

空也の表情は全く変わらない。

一瞬の驚きを平静の表情に戻した玉木が、

「参る」

と声を掛けると躊躇《ちゅうちょ》なく間合いを詰めて、面打ちをいきなり放った。その動きは、空也の力を認めての先《せん》の先《せん》だった。間宮道場で、

「玉木九次郎の竹刀《しない》が面に当たると一刻《いっとき》（二時間）は頭がずきずき痛む」

と評される重い面打ちだ。一刻打ちと呼ばれる面打ちをなんと竹刀ではなく木刀で放った玉木の攻めに道場内に驚きが走った。

（ああ、一刻打ちを食らった）

と思った門弟衆もいた。

不動の姿勢のまま、空也は一刻打ちを受けるように思えた。

道場のだれしもが、

(なぜ動かん、いや、動けんのか)

と思い、

(一瞬にして勝負は決着し、武者修行者は大怪我じゃな)

と咄嗟《とっさ》に推量した。

だが、木刀での一刻打ちは、そよりとした空也の躱《かわ》しで避けられ、空《くう》を打たされた玉木は、
とっとと
と前進し、それでも咄嗟に向きを空也に変えていた。

空也はゆっくりと玉木の動きに合わせるように向きを変え、正眼の構えに戻した。

見物の門弟の大半には、武者修行者の体も木刀も寸毫《すんごう》も動いていないように感じられた。

一手目の攻めをあっさりと躱された玉木は、この対戦者の力を甘く見ていたことを改めて悟った。ために玉木は構えを戻すと、気を入れ直して連続した面打ち

を放った。

　玉木の木刀での一刻打ちの連続打ちを道場仲間は初めて見て、眼を見張った。

（九次郎が本気を出しおったな）

　と感じた門弟と、

（うむ、九次郎め、平静を欠いておらぬか）

　と見た先輩門弟に分かれた。

　空也は、最初の構えから体の向きを変えただけで玉木の連続打ちを受けた。

　重い打撃が両手に伝わってきたが、微妙な躱しで打撃を避けつつ空也はその場で受け続けた。

　道場に新たな驚きが走った。

　一刻打ちの玉木がこれほど険《けわ》しく面打ちを連続して放ち、それを相手が受け止める光景を見るのは初めてだった。

　空也は薩摩のタテギ打ちで手に感じる衝撃を和《やわ》らげる技を身につけていた。

　攻めと守りがいつまでも続くかに見えた。

　だが、玉木の攻めが空也の躱しのたびに力を吸い取られるように変わっていくのに比べ、空也の守りは全く変わらなかった。

玉木九次郎はいったん面打ちを止めて後ろに下がった。

一刻打ちの途中で間合いを取るなど間宮道場では初めてのことだった。

息を整えた玉木九次郎が、気を取り直した。そして、間を詰めつつ愚直に一刻打ちに拘《こだわ》り、全身全霊をこめた一撃の面打ちを放った。

空也は相変わらず動かない。

（動けん）

と見た門弟衆もいた。

両者の傍らで息遣いと表情を見る師範代の吉峰将三郎は、

（話にならん、止めるか）

との考えが頭に過《よ》ぎった。

そのとき、空也が後《ご》の先《せん》を放った。正眼の構えから胴打ちを放った木刀の動きを玉木も吉峰も見逃していた。

（九次郎の面打ちが、一刻打ちが当たったぞ）

と壁際に下がった門弟衆の大半が考えたとき、玉木九次郎の体が横手に飛んでいた。

（な、なにが起こった）

とだれしもが考えたとき、玉木が道場の床から必死で立ち上がろうとした。手放さなかった木刀を手によろよろと空也の前に立ち、

「参りました」

と潔《いさぎよ》く頭を下げた。

「話にもなりませぬな。これが修羅場《しゅらば》を潜った武芸者と畳水練《たたみすいれん》の道場稽古の違いにございましょうか」

と見所で間宮が呟《つぶや》いた。

「それがしが坂崎空也を尚武館道場で見たのは、十五、六歳、武者修行に出る前の若武者であったと思う。その折りにも剣術の天分はすでに見えておったが、この凄みはなかったわ。武者修行は、剣術家を変えおるか」

と間宮の剣友でもあり浅野家の年寄の緒方享伸が応じた。

緒方はふらりと間宮道場を訪ねてきた武者修行者を神保小路の尚武館道場ですでに見ていたのだ。

玉木九次郎がよろよろと下がり、吉峰師範代が残るふたりを見た。

ひとりは使番《つかいばん》伊東作左衛門《いとうさくざえもん》であり、歳《とし》は二十八歳だ。間宮一刀流は九つの折りに入門して二十年に近い稽古を続けてきた。道場稽古において三指に入る力の持

ち主だ。

もうひとりは、山奉行《やまぶぎょう》支配下の歩行《かち》身分の園田《そのだ》米松《よねまつ》だ。物心ついたときから父親の山歩きに従い、足腰を鍛え、父から我流の剣術を習った。

今から十二年前、上司の山奉行が米松の剣術好きを見込んで間宮道場に口利きして入門した。間宮道場で歩行身分の家来が入門を許されることは滅多にない。

師匠の間宮は、米松の我流の剣術を直そうとはせず、間宮一刀流の基本だけを教え、

「米松、よいか。そなたには親父から教わった剣技が体の動きにすでに染みついてるわ。無理に間宮一刀流の業前《わざまえ》に直すこともない。好きなようにしてみよ」

と我流の技を優先させた。

間宮一刀流の形と動きを覚えた米松は、師匠に言わせると、

「負けない剣術」

を確立した。歳も三人のなかでもっとも上だった。

師範代の吉峰は、

「米松、そなたの負けない業前であの若者に抗《あらが》ってみよ」

と二番手に園田米松を選んだ。

「師範代、わしゃ、勝たんでよいとな」

「そなたの勝ちは負けぬことよ、それがそなたの得難《えがた》い武器よ。そなたを三人に入れられたのは師匠の間宮様だ」

と送り出した。

空也の前に出た米松は空也よりも一尺は背丈が低かったが、頑丈な足腰と、背丈に比べて長い腕の持ち主だった。

「わしゃ、園田米松といいます。すまんけど竹刀での打ち合いはならんやろか」

と空也に願った。

「竹刀での打ち合い、大いに結構です」

空也が応じて両者は竹刀に持ち替えた。

米松が使い込んだ革帯の鉢巻きを締めた。さらに米松は道場の床で上にぴょんぴょんと跳ね飛んで体を解《ほぐ》した。

かような動きを間宮道場の門弟の前で米松が見せることはまずなかった。父親から山歩きの最中に教えられた習わしだった。むろん熊、猿、猪《いのしし》など獣《けもの》に対応する動きだった。

「お待たせ申しました」

と空也に詫《わ》びた。

そんな米松の動きを空也はにこにこと笑みの顔で見ていた。

両者は一応中段の構えで対峙《たいじ》した。

米松の竹刀は、空也の胸から腹辺りで絶えず上下して動いていた。足も爪先立ちで細かく飛び跳ね、重心が右にあるのか左にあるのか、空也にも察せられなかった。

空也のそれは直心影流の基《もとい》に、この四年の修行で身に覚えた静なる構えだった。

両者ともに中段の構えとはいえ、一方は目まぐるしく動き、一方は不動の構えだった。

米松が竹刀を動かしながらも自分から仕掛けないことを察した空也は、

「参ります」

と告げ、すっと間合いを半歩詰めた。

絶えず動いていた米松の手足がなぜか止まった。

「うーむ」

と米松の顔に訝しさが浮かんだ。

空也は米松の動きが再開されるように正眼の構えの竹刀で誘いをかけた。とは

いえ不動の竹刀が動いたわけではない。不動の構えのなかで、米松に、

「間」

を与えたのだ。

「おう」

と答えた米松の、山歩きで覚えた手足がふたたび動き出した。

空也はさらに間合いを詰めると米松は横手に身を移した。正統な流儀にはかような不意を衝く動きはない。ゆえに空也は米松の予期せぬ動きに正眼の静なる構えで応じた。

一方、山歩きで対応してきた猪や猿や熊が取り得ない反応、

「静なる構え」

に米松は戸惑っていた。

(わしの得意は負けない剣術じゃ)

と己の得意を思い出して動こうとした。だが、いつもとは違って、負けない剣術が静なる構えに段々と追い込まれていた。

道場内にざわめきが起こった。

(なにが起こったか)

と米松がちらりと辺りを見た。

なんと米松はいつの間にか道場の羽目板《はめいた》に追い詰められていた。山歩きで覚えた獣の動きを封じる技が反対に追い込まれていた。

「ああー」

と思わず声を洩らした米松の顔の前にいつの間にか相手の竹刀があった。それを見た瞬間、米松は腰から力が抜けて羽目板の前に崩れ落ちていた。

「ま、負けました」

と声を振り絞って頭を米松が下げると、相手の竹刀がすっと引かれていった。

見所から笑い声が起こった。道場主の間宮久孟の高笑いだ。

「負けない米松の得意技も形無《かたな》しか」

と言った。それは上機嫌の折りの笑いと言い方だった。

師範代の吉峰が最後の一人《いちにん》伊東作左衛門を見た。

一瞬ふたりは眼を見合わせた。

「作左、九次郎と米松の立ち合いしかと見たな」

と師匠の間宮が見所から問うた。

「はっ」

「そなた、手立てはあるか」

との師匠の問いにしばし沈思《ちんし》して伊東が、

「浮かびません。九次郎、米松同様に恥を掻《か》くだけでございましょう」

「そなたら三人が恥を掻いたのではないわ。間宮一刀流道場主の間宮久孟が恥を掻いたのよ」

との道場主の言葉に道場じゅうが震え上がった。だが、決して怒ってはいなかった。

「坂崎空也どのの武者修行が見えるようではないか。そう思わぬか、吉峰師範代」

と間近から空也の立ち合いを見た吉峰に聞いた。

「師匠、江戸神保小路の直心影流尚武館坂崎道場の力や畏《おそ》るべしですな」

と吉峰が洩らした。

「なんとこの若武者、先の西の丸徳川家基《とくがわいえもと》様の剣術指南坂崎磐音様の子息にございますか」

使番として江戸を知る伊東作左衛門が質した。

「作左、尚武館坂崎道場を知るや」

「はい、二年前に在府《ざいふ》の折り、幾たびか訪ねて稽古をつけてもらいました」

「坂崎磐音どのの指南を受けたか」

「師匠、尚武館坂崎道場には江戸在府の大名諸侯やら直参《じきさん》旗本やら、さらには浪々の剣術家と数多《あまた》の剣士が雲集《うんしゅう》しておりまして、それがし、磐音先生に近づくことすら叶《かな》いませんでした」

「ならば作左、坂崎磐音どのの後継者に稽古を願ってみるか」

と吉峰が質した。

「は、はい、ぜひ」

と応じる伊東の顔から強張《こわば》った緊張が消えていた。

伊東作左衛門が、

「坂崎空也どの、一手ご指南願えますか」

「伊東様、それがし、一介の武者修行者に過ぎませぬ。指南などできましょうか。尚武館で稽古をなされたとお聞きしました。となればわれら同門の士でしょう。稽古を為すのは当然のことです」

「おう、有難し。空也どの、木刀稽古でもよかろうか」

「こちらは間宮一刀流の間宮道場にございます。伊東様の命《めい》には逆らえません」

と木刀を手にした空也は、神前に向かって左、仕太刀《しだち》に位置した。年長の伊東作左衛門が打太刀《うちだち》、上《かみ》の者が務める右に位置した。

もはや同門の士の稽古だ。

伊東作左衛門は初心の空也の術の先導役を勤めるように仕掛けた。それに対して空也は、守りを攻めに転ずる術を繰り返した。

これまでの玉木九次郎と園田米松との立ち合いと異なり、一見和《なご》やかな打ち合いが続いた。とはいえ、ふたりの攻めにも守りにも弛緩《しかん》した動きは一切感じられなかった。

途中から空也が攻めに転じ、作左衛門が受ける稽古に変わった。

両者の木刀稽古は半刻《はんとき》（一時間）ほど続き、阿吽《あうん》の呼吸で互いが木刀を引いた。

「伊東様、久しぶりに心地よい汗を搔きました。有難うございました」

と空也のほうから声をかけた。

どことなく大役を果たしたという表情の伊東が、

「それがしの剣術家生涯で、この日を忘れることはござらぬ」

「次の参勤上府《じょうふ》の折り、父に立ち合いを願いなさいまし。倅が稽古をつけてもらったと聞いたら、父は喜んで立ち合いましょう」

「おお、さようなことができようか」

と笑みの顔の伊東のところに玉木九次郎と園田米松が加わり、

「伊東様、われらふたりの稽古とえらい違いですね。それがしも米松も当分道場に顔を出せませんぞ」

と言った。

「空也どの、かようにふたりがいうておりますがな。どうしましょうかな」

「むろんご両者にも稽古相手をお願い申します。それがし、間宮先生にお許し願って明日も道場に参ります」

との空也の言葉に、

「作左様よ、同門の士とわしらはえらい扱いが違《ちご》うたな。明日の稽古は作左様が一番手やぞ」

と米松が決めた。

そんな四人の問答の傍らで師範代の吉峰が、

(佐伯彦次郎の武者修行とはえらい違いじゃぞ)

と空也を見ていた。

三

空也は間宮道場の道場主間宮久孟の私邸に招かれて年寄緒方享伸、師範代吉峰将三郎と、もうひとり、門弟と思しき若者と対面していた。

間宮の私邸は道場と同じ敷地の一角にあった。道場と道場主の私邸が同じ敷地にあるのは神保小路の尚武館坂崎道場とよく似ていた。

そのせいか空也は、神保小路に戻ったような錯覚を覚えていた。

茶が供されたあと、間宮の、

「坂崎空也どの、門弟三人との稽古、ご苦労でしたな」

という労《ねぎら》いの言葉から集いが始まった。

「いえ、それがしにとって道場の稽古は、なににも代えがたい歓待にございます」

「どうやら歓待の仕方が足りなかったようじゃな」

と緒方が茶碗《ちゃわん》を手に呟いた。

「いえ、お三方との稽古、十分に楽しませていただきました」

と空也が答えると間宮が頷き、

「坂崎空也どのにとって武者修行とはどのようなものかな」

と質した。

どうやらこれが間宮家の私邸に呼ばれた理由らしいと空也は思った。

「ご一統様、それがしが武者修行に出たのは十六歳にございました。その折り、武者修行がどのようなものか全く考えてもいませんでした」

まず空也はそう話し出した。

「なぜならばそれがし、薩摩国にて薩摩剣法を学ぼうと考えて父の旧藩の豊後関前から出立《しゅったつ》したのです、それは最前お伝えしたとおりでございます」

なんと、と驚きの声を発したのはこの場の四人目の若侍だった。

「空也どの、薩摩に向かう武者修行、お身内は、坂崎磐音どのは承知であったか」

「それがし、祖父の坂崎正睦《まさよし》の初七日の席にて両親や身内に告げて武者修行に出立しました。出立の折り、それがしの薩摩入国の企《くわだ》てを承知していたのは父の磐音一人《いちにん》でした」

「なんとなんと」

と間宮が応じた。

「それほど無知ゆえ、それがし、薩摩の国境に向けて旅立ったのです」

若侍が空也に視線を向けたがなにも言わなかった。が、その眼は、

「薩摩入国が叶うたか」

と質していた。歳は空也より数歳上と思えた。

空也はその眼差《まなざ》しに静かに頷き返し、

「旅の初め、日向国延岡《ひゅうがのくにのべおか》城下を流れる五ヶ瀬川《ごかせがわ》河畔《かはん》にて足をとめると、半裸の男衆が流れをせき止めておりました。それがし、その作業がなんのためか知りませんでした。すると傍らに遊行僧《ゆぎょうそう》と思しき老師が作業を見ておられ、『五ヶ瀬川の鮎は天下一品でしてな、あゆの仕掛け、やな作業の下拵《したごしら》えをしておるのです』とそれがしに教えてくれました」

その場の四人が無言で空也の言葉に聞き入っていた。

「延岡城下に御用か」

「いえ、武者修行です」

「おいくつかな」

「十六です」

しばし黙考していた遊行僧が、

「名を聞いてよいか」

「空也です、坂崎空也です」

「……かような問答を交わした記憶があります。遊行僧は三十七年余も路上の暮らしをしてきたお方でした。遊行僧は武者修行を始めたばかりのそれがしの大先《せん》達《だつ》でした。そのお方が問われました」

「どちらに向かわれます」

「薩摩を目指します」

「……と答えたそれがしは、薩摩国の国境牛《うし》ノ峠《とうげ》を目指して遊行僧に背を向けました。その背に無言裡《むごんり》に言葉が投げられました」

空也の言葉を聞く四人が注視した。

（捨ててこそ）

「おお、空也上人のお言葉ではないか」

と間宮が呟いた。

「それがし、遊行僧が授けてくれた『捨ててこそ』の言葉を胸に薩摩の国境を越え、半死半生《はんしはんしょう》で川内川《せんだいがわ》の葭原《あしはら》に浮かんでおるところを薩摩藩菱刈郡《ひしかりごおり》に私領を持つ渋谷《しぶや》重兼《しげかね》様と孫娘の眉月《まゆつき》様おふたりに見つけられたそうな。そののちも二月《ふたつき》余りも気を失ったそれがしを介護していただいたお蔭《かげ》でこうして生きております。寛政七年夏、それがしの武者修行の始まりでした」

空也の言葉に四人は無言で応じた。

長い沈黙がその場を支配した。

「四年の武者修行は、人を変えまするか」

と間宮が口を開いた。

「間宮先生、最前武者修行も様々《さまざま》と申し上げました。それがし、己の旅しか語れません。間宮先生の問いに敢《あ》えて答えるならば、遊行僧から授けられた無言裡の言葉に生かされてきました」

「捨ててこそ」

と間宮がふたたび呟いた。

「はい。この言葉が武者修行のそれがしの生きる縁《よすが》にございました」

幾たびだろうか、沈黙が空也を迎えた。

「ご一統様、それがし、四年に渡る武者修行を終えるかどうか迷ってきました。こうしてお話ししているうちにそれがしの気持ちは固まりました」

「江戸に戻られるかな」

と年寄の緒方享伸が質した。

「いえ、紀伊国内高野山《きいのくにうちこうやさん》の麓《ふもと》、内八葉外八葉《ないのはちようげのはちよう》の姥捨《うばすて》の郷《さと》に立ち寄ります。その地がそれがしの生地なのです」

と前置きして姥捨の地と空也の関わりを手短に語り、

「それがしの武者修行は姥捨の郷で終わります」

と言い切った。

瞑目《めいもく》していた間宮久孟が、

「なんとも充実した武者修行の歳月ではないか。道場稽古ではかような経験は得られまい。すべてを承知で送り出した坂崎磐音どのの想いにそなたは十分に応《こた》えられたのだ。父御《ちちご》は、そなたのことを誇りに思うておられよう」

「間宮先生、四年の間に江戸の尚武館では二たびそれがしの死を覚悟し、一度は弔《とむら》いの仕度までなしたそうな。母上の気持ちを思うと誇りに足る修行と言えましょうか」

「なんとのう、そなたは二度も死にかけられたか」

と緒方が独語した。

「坂崎空也どの、江戸では二度、そなたの死を覚悟したと申されたが、尚武館坂崎道場にそなたに代わる後継者がおられるか」

「それがしには妹がひとりおります。それがしの修行の間に妹は、門弟のひとりと祝言《しゅうげん》を為したそうな。父の気持ちは察するしかありませんが、妹の連れ合いの中川英次郎《なかがわえいじろう》どのが尚武館坂崎道場を継ぐことになろうかと思います」

「そなた、修行を終わりにしたいと申されたな。もし、そのお方が公儀の官営道場と目される尚武館坂崎道場を継がれていたらどうなさるな」

と緒方が質した。

「緒方様、それがし、この歳月、弔いを仕度させるような好き勝手な剣術修行をして参ったのです。佐々木玲圓《ささきれいえん》様から父が受け継いだ直心影流尚武館道場ですが、妹の連れ合いの中川どのを父が已の跡継ぎと決めたのならば、それがし、なんの不服もございません」

　と空也が言い切った。

　ふうっ
　と四人から思わず吐息が洩れた。

　空也には、もはやこれ以上語るべき言葉はなかった。

「やはり武者修行を成し遂げた修行者の言葉は重いのう」

　と緒方が言った。

「緒方様、それがし、武者修行を成し遂げたとは思うておりませぬ。剣術家の極《きわ》みは、死の時かと考えます。生涯修行、そのほかは」

「瑣事《さじ》か」

「瑣事とは思いません。『捨ててこそ』、それがしが五ヶ瀬川にて会った遊行僧のように生きて死ぬだけです」

　と空也は言い切った。そして、言い添えた。

「未だそれがし、『捨ててこそ』の本意が分かっておらぬと思います。ゆえにかようにあれこれと語るのであろうと思います」

「いや、それでよいのだ、坂崎空也どの」

と言ったのは間宮久孟だった。

「この場におる佐伯一哉《かずや》を紹介するのが遅くなったな」

と一言も口を開かなかった人物の名を告げた。そして、

「この佐伯一哉、彦次郎とは従兄弟《いとこ》でな」

と言った。

空也と一哉は改めて黙礼をし合った。

「わしには倅はおらぬ、娘がふたりじゃ。それがし、五年も前、愚かにも佐伯彦次郎の気持ちを察せず、間宮道場を継がぬかと願ったのだ。あの当時もただ今もわが間宮一刀流一門に、彦次郎ほどの技量の持ち主はおるまい」

「佐伯彦次郎どのはお断わりになりましたか」

「いや、その場では返答はなかった。だが、翌日、佐伯の下男の伴作《ばんさく》を伴い、佐伯家の当主とそれがしに、『武者修行に出る』との短い文を残して広島から姿を消しおった。五年前のことであったわ」

「なんと」

と思わず空也は洩らしていた。

「彦次郎がまさか武者修行に想いを馳《は》せているとはそれがし、夢想もしなかった。坂崎空也どの、そなたの話を聞いて剣術家佐伯彦次郎の気持ちを察することができた。じゃが、ただ今の彦次郎が五年前のそれがしの申し出を気にかけておるかどうか」

「間宮先生方は、佐伯彦次郎どのに跡継ぎの意志などもはやないと考えられたのですね。それで佐伯一哉どのを間宮一刀流間宮道場の跡継ぎとお決めになったのですね」

「そういうことだ」

と緒方が間宮に代わって答えた。

空也は沈思したあと、

「その問いに答えられるのは佐伯彦次郎どのだけでしょう。されどそれがしの推量でよいと申されるのならば返答はこうです。五年前の佐伯彦次郎どのはこの世におられません。別人の剣術家佐伯彦次郎どのがおられるだけです」

「やはりそうか、そうじゃのう」

と緒方がほっと安堵《あんど》した表情で言った。

「われらが彦次郎の広島帰国を待ちきれなかったのには、いくつか曰《いわ》くがある」

「間宮先生、一介の武者修行者のそれがしにさようなことをご説明になることはございません。大事はここに佐伯一哉どのと申される跡継ぎがおられるということです。それがし、最前、武者修行をいったん終えると申し上げました。これまで尋常勝負を為した相手は十人を超えていましょう。さような相手方の縁戚《えんせき》や仲間に恨みつらみを残しておることは重々承知です。そのようなお方のひとりが明日にもそれがしの前に立たれ、勝負を望まれることは十分考えられます。そして、それがしの武運が尽きることも考えられます。佐伯彦次郎どのとて同じ境遇にありましょう。そのようなわれらを連綿と続く間宮一刀流や直心影流の跡継ぎに選ぶのは愚かな行為と思いませぬか。繰り返しますが間宮先生方は、うってつけのお方を後継者に選ばれたのです」

空也は言い切った。

間宮がわが意を得たりと佐伯一哉に頷いてみせた。

「坂崎どの、それがし、従兄《いとこ》の彦次郎の万分の一の剣術の技量もございません」

と初めて佐伯一哉が口を開いた。

「佐伯どの、若輩のそれがしが申すのもなんですが、道場の跡継ぎは剣術の技量だけでは決められますまい。それがし、人柄こそ大事と考えます」

「人柄で間宮一刀流が守れましょうか」

空也は睦月《むつき》の連れ合いの中川英次郎を思い出していた。

十六歳で武者修行に出たゆえ、稽古をした記憶はない。だが、剣ひと筋の秀《ひい》でた剣術家ではなかったように思えた。父の磐音が睦月の婿《むこ》に選んだとしたら、温厚な人柄の教え上手ではあるまいかと勝手に推量していた。

「一哉どの、明日、稽古をいたしませぬか」

「えっ、坂崎空也どのの指導を仰《あお》げるのですか」

「稽古を為すのです。われら、剣術に携わる者、竹刀や木刀を打ち合わせることがなによりの問答ではありませぬか」

「は、はい。楽しみになりました」

一哉が笑みを浮かべた顔で言い切った。

そんな空也と一哉の問答を聞いた間宮が、

「空也どの、道場には在番の者が城下に出てきた折りに泊まれるよう長屋がある。また食堂《じきどう》と呼ぶ賄所《まかないじょ》もござる。そちらに寝泊まりしてしばらくわが道場で稽古をしていきませんか」

と誘った。

「間宮先生、これ以上の申し出はございませぬ。ぜひそうさせてください」

と申し出を受けた空也は、

「一哉どの、道場の朝稽古が始まる前に道場に参られませんか。ふたりだけで稽古をいたしましょう」

「おお、なんということが」

と一哉が素直に受けて、空也の間宮一刀流道場での滞在が決まった。


翌朝、空也は備前長船派修理亮盛光を手に八つ半（午前三時）の刻限に間宮道場に出ると、道場に灯《あか》りが点《とも》り、すでに稽古着の佐伯一哉がいた。

朝の挨拶《あいさつ》を交わしたふたりは、木刀の素振りから稽古を始めた。

空也は直心影流の、一哉は間宮一刀流の素振りだった。

一哉の伸び伸びとした素振りを見て、間宮久孟らが佐伯一哉を広島藩剣術の御《お》家流《いえりゅう》ともいえる間宮一刀流の後継に選んだ曰くを空也は察した。

素振りで体を温めた一哉が、

「昨日、道場で独り稽古をしておられましたね。あの素振りは薩摩剣法の素振りですか」

と質した。

「見ておられましたか。薩摩の御家流は東郷示現流《とうごうじげん》です。それがしが縁あって教わった薩摩剣法は東郷示現流と同根同流の野太刀流です。薬丸流《やくまる》とも呼ばれる野太刀流の素振りは、力技を身につけるためとそれがし思うております。それだけに激しい稽古を何年も繰り返します。一哉どの、この道場の床から一尺五寸のところに柞《ゆす》の木を束ねたものが置いてあると想像してください。柞を束ねた横木をタテギと薩摩では呼びます。野太刀流の木刀は、山で切り出してきた柞を十年ほど乾かしたものです。ぼっと、と呼ぶ柞の木刀を右肩、あるいは左肩から天に突き上げるように構えます」

と言った空也が、

「右蜻蛉《とんぼ》」

の構えを見せた。

その瞬間、一哉は、

(なんと美しい構えか)

と思った。

手に馴染《なじ》んだ木刀を柞の木刀《ぼっと》に見立てた空也が、右蜻蛉、左蜻蛉の交互の構えからその場に置かれているはずのタテギに向かって打突《だとつ》を繰り返し始めた。

「朝に三千、夕べに八千」

をこの数年続けてきた空也の木刀が間宮道場の床から一尺五寸余のところを寸毫も変わることなく打ち込んでいく。素早い動きながら空也の動きは乱れない。左蜻蛉から右蜻蛉に構えを替えてひたすら打突を繰り返す。

いまや間宮道場の気が空也の一撃のたびに切り割られているのが一哉に理解できた。

凄まじい一撃必殺の打突がどれほど続いたか、茫然として言葉を失った一哉は、

(武者修行とはかようなものか)

と自失していた。

不意に空也が打突を止めた。

「それがしが薩摩で教わった野太刀流の稽古です。機会があればタテギを実際に造って打突をお見せします」

「空也どのはこの打突を何年稽古されました」

「それがしが薩摩にいたのはわずか一年九月です。そのあとも、『朝に三千、夕べに八千』の打突を繰り返しています」

「朝夕に一万二千回の打突ですか」

と一哉が改めて驚愕《きょうがく》したとき、朝稽古の門弟衆が姿を見せた。

四

昨日、空也と打ち合い稽古をした玉木九次郎、園田米松、そして伊東作左衛門の三人が見ていた。だが、空也が間宮道場の後継者佐伯一哉とふたり稽古をしていた様子に、

「お先がいたか、道場の跡継ぎ様ではな」

と米松ががっかりした表情を見せた。

「ご一統様、しばしお待たせ申します。佐伯一哉どのとの稽古のあとに、それがしと稽古をお願い申します」

と空也が願った。

三人は、空也が何者か、また弱冠二十歳ということもすでに承知していた。

「われらこそ、佐伯一哉どののあとにご指導願います」

と使番の伊東作左衛門が丁寧《ていねい》に応じた。

　空也は一哉と向き合った。

「佐伯一哉どの、竹刀に替えませぬか」

「願ってもないことです。あの連続打ちを見せられて木刀稽古など望めましょうか」

　と一哉が言い、米松を見た。

「佐伯様、ただ今」

　と米松が動き、一哉の竹刀と客用と思しき竹刀を携えてきた。

　もはや佐伯一哉は、間宮道場では後継者として認知されていることがふたりの言動で分かった。

「米松どの、有難うござる」

　と空也が礼を述べると、

「昨晩は一睡もできませんでした」

「どうなされました、米松どの」

「わしの負けない剣術の正体がいともあっさりと坂崎空也様に暴《あば》かれました。わしゃ、このあと、どうしたらよかろう」

　と言い出した。

「園田米松どの、その問いはそれがしではのうて、佐伯一哉どのにお尋ねなされ」

「なに、跡継ぎ様に訊《き》けと言われるか」

空也が一哉を見た。

空也の反応に驚いた一哉がしばし沈思し、

「米松、そなたがひと晩眠れなかった気持ちよう分かるぞ。それがし、空也どのの打突なる薩摩の素振りを見せられて、最前から震《ふる》えが止まらぬ。われら、なにが足りんのか、武者修行と道場稽古はこれほどまでに違うのか」

と一哉が答えた。

「なんと言いなるな、跡継ぎも形無しか」

「ああ、形無しじゃ。形であれ、技であれ、剣術の修行は無限ということを改めて知らされた」

と言った一哉が、

「空也どの、この者たちに野太刀流の〝蜻蛉〟なる構えを見せていただけませぬか」

と願った。

空也は一哉の素直さと寛容さに頷き、木刀に持ち替えた。

「薩摩剣法の構えにござる。右蜻蛉」

と宣告した空也が構えた途端、伊東作左衛門らが、
うっ
と呻《うめ》き声を発した。

「えいっ」

と気合を発した空也が木刀を床へと大きな円弧《えんこ》を描いて打ち込み、さらに左蜻蛉に移して打突が行われた。

力強いタテギ打ちは寸分の狂いもなく際限なく続いた。

朝稽古に来た門弟たちが空也の打突に己の稽古を忘れて見入った。

空也は道場主の間宮久孟が入室したのに眼を止めて、打突を止めた。空也がなにか言いかけたとき一哉が、

「間宮先生、それがしが坂崎空也様に願ってのことです」

「他流の稽古を見るのは得難いことよ」

と応じた間宮が、

「空也どの、薩摩剣法の刀の使い方はわれらとは異なると聞いたがさようか」

と問うた。

「それがしも最初戸惑いました。間宮先生、それがしの拙《つたな》き修行の一片、道場にて披露《ひろう》してようございますか」

「ぜひ願おう、坂崎空也どの」

空也は道場に持参した盛光を手にして神棚に拝礼した。すると三十人余に増えていた門弟衆が壁際に下がった。

空也は米松を呼んだ。

「米松どの、道場の表に桜の木がございましたな。落ち葉があれば一枚だけこの場に拾ってきてくれませぬか」

と願った。

なんのためか分からない米松はそれでも直《す》ぐに道場の外に出ていった。

「間宮先生、薩摩拵えの刀の全長は、柄《つか》が長いせいで、それがしの腰にある盛光よりさらに長く三尺七寸余ございます。刃は内反《ぞ》りで一見直刀に見えます」

と空也が言ったとき、米松が桜の葉を手に戻ってきた。

「使いをさせて申し訳ありません、米松どの」

と詫びた空也が、

「それがしが合図をした折り、葉っぱを虚空《こくう》に投げてくれませんか」

と願った。

「葉っぱは軽いゆえ、ゆるゆると床に落ちますぞ」

「はい」

と応じた空也が、

「ご披露しもんど」

と薩摩弁で最後に告げて雰囲気を変え、盛光の鯉口《こいぐち》に手をかけてくるりと回した。

打刀《うちがたな》では上刃《うわば》だ。それが下刃《したば》に変わっていた。

「米松どの、今じゃ」

「おう」

と米松が応じて葉を投げたがせいぜい空也の顔の高さに舞っただけだ。

空也は右足を踏み込みざま、一気に抜き上げると斜め上に円弧を描いて葉を斬《き》り上げた。いや、大半の門弟衆はただ光が走った、そう考えたのだ。そして、葉が二枚になって虚空に浮かんでいるのを見た。

驚愕にだれもなにも発しない。だが、空也の技はそれでは終わらない。雨だれが軒《のき》から地面に落ちるほどの間に鞘《さや》に戻した盛光を三度抜き、三度鞘に納めて葉をその度に切ってみせた。

薩摩を出たあとも打刀造りの盛光で稽古をしてきた賜物《たまもの》だった。

道場が森閑《しんかん》としたまましばらく無人の気配であった。

「間宮先生、薩摩の剣法、『抜き』にございます」

空也は、その瞬間、間宮道場に注《そそ》がれる監視の眼を意識した。

稽古のあと、佐伯一哉が空也を道場近くの茶店《ちゃやみせ》に連れていった。渋い佇《たたず》まいで武家方の女衆《おんなし》が茶菓を楽しんでいた。

店の女衆が一哉を見ると、

「道場の若先生、珍しい刻限にお出でですね」

と他の女衆の客から離れた毛氈《もうせん》が敷かれた縁台に連れて行った。紅葉のした、緋《ひ》毛氈を敷かれた縁台に穏やかな陽射しが落ちていた。

「この茶店では酒も飲めます」

と一哉が言った。

「それがし、修行の身ゆえ酒には触れないようにしています。茶で結構です」

と空也が願うと一哉も、

「佐伯一族の男は酒がさほど強くありません。従兄の佐伯彦次郎も酒は飲まんと聞いております」

と言い切った。

「一哉どのは佐伯彦次郎どのの近況を承知ですか」

「年寄の緒方様方から聞いた範囲で承知です」

「緒方様は彦次郎どのと交流がありますので」

「いえ、それがしが間宮道場の跡継ぎにどうだと話が起こったあたりから、藩の目付《めつけ》を放《はな》って従兄の武者修行を調べているそうです。間宮先生も知らなかったことで、緒方様はさような行いはどうかと思うと苦言を呈されたそうです」

と一哉が空也に告げた。

かような話は道場内ではできまいと思った。

「佐伯彦次郎どのは未だ武者修行を続けておられますか」

「緒方様の密偵は、中国筋の徳山《とくやま》藩での武者修行ぶりを見てきたそうです」

空也は広島城下に入る前に旅籠の番頭から聞いた話を思い出していた。

「従兄の武者修行は、空也どののそれとはだいぶ変わっていますね」

「彦次郎どのは小者《こもの》を伴い、愛鷹を連れての武者修行とか。それがし、とある旅籠の番頭に聞かされた話ゆえ信じているわけではありません」

「もはや噂が流れていますか。その番頭の話は真《まこと》のようです、密偵の調べと一致しています。ゆえに間宮先生も年寄の緒方様も困っておいでなのです」

「番頭からは佐伯彦次郎どのの暮らしぶりの費《つい》えは、道場破りと思しき十両勝負にて賄《まかな》っておると聞かされました」

「事実です」

と一哉がはっきりと言い切った。

「空也どのは武者修行も様々、百人おれば百とおりの修行があると先生方に申されましたが本心ですか」

「本心です」

と答えた空也はしばらく間を置き、

「それがし、佐伯彦次郎どのの武者修行を真似できないことはたしかですね」

と言い添えた。

「間宮先生も十両勝負を事細かに聞かされ、顔を顰《しか》められたそうな」

と一哉は柔らかな表現で空也に言った。

「緒方様は、十両勝負の一事だけで、もはや佐伯彦次郎は間宮道場の門弟に非《あら》ず、破門を申し渡すべきと先生にたびたび進言されたそうです」

「彦次郎どのは、なぜ十両勝負に拘られるのでしょうね」

「それがしの考えが聞きたいですか」

「一哉どののお考えが知りたいのです」

「従兄は、贅沢《ぜいたく》な武者修行もあってよいと考えたのでしょう。それにしてもいったん贅沢に慣れた武芸者が元に戻るのは難しいでしょうに」

「それだけでしょうか」

と空也は反問した。

「と、申されますと」

「十両勝負で金子を得た武者修行者が手にできるものは贅沢な暮らしや形だけではないのではありませんか」

「例えばどのようなことが考えられますか」

「十両をお互いが賭けたとき、彦次郎どのと道場主の立ち合い、真剣勝負にならざるを得ません。佐伯彦次郎どのは十両を賭けることによって生死を賭けた真剣勝負を望んでおられると思えませんか」

「さようことは考えなかったな。空也どのも考えられたことがありますか」

「それがし、金子を賭けて勝負を為したことはありません。それがしの懐《ふところ》にふだんあるのはせいぜい二分とか、ひどいときは二朱しか持ち合わせがありません」

「えっ、そんな金子で武者修行が出来ますか」

「ええ、かようになんとか生きております」

「驚いたな」

「おそらく間宮先生や緒方様の考える武者修行とはそれがしのような旅ではございませんか。ところが、佐伯彦次郎どのは、金子を賭けての真剣勝負を数多繰り返してこられたゆえに間宮先生方も困っておいでなのかな」

「いかにもさよう。さような真剣勝負は恨みつらみを殊更《ことさら》残すと空也どのは申されましたね。となるとどこの道場でも道場主の親類や高弟衆が仇《かたき》を討つという仕儀がしばしば繰り返されるのではありませんか」

「いかにも武者修行はどのようなやり方であれ、相手方に恨みつらみを残します」

「空也どのは、どうされてきました」

と一哉が問う。

　しばし考えた末に空也は、東郷示現流の高弟酒匂《さこう》家との死闘を告げることにした。

「薩摩にそれがし入国し、菱刈郡に私領を持つ渋谷重兼様の厚意で、私領麓館《ふもとやかた》に滞在し、野太刀流を習いました。野太刀流の薬丸新蔵《しんぞう》どのと申される方にその神髄《しんずい》を見せられて、それがし、初めて薩摩入国が間違いでなかったと思いました。渋谷様に伴われて薩摩藩の城下に参りました。その折りのことです。それがし、渋谷様のお力で薩摩藩の具足開《ぐそくびら》きを見ることが叶いました。その席で騒ぎが起こりました。薬丸新蔵どのが、東郷示現流のご一統に野太刀流との立ち合いを所望《しょもう》なされました。薩摩の御家流儀を誇る東郷示現流は新蔵どのの願いを拒まれました。すると新蔵どのは具足開きの場にそれがしがいることを見つけて、『名無しどん、おいの相手を頼《た》のん』と願われました。ああ、一哉どの、それがし、薩摩に滞在中は一語も口を利かぬことを己に強《し》いておりましたゆえ、名無しと呼ばれておりました」

「なんということか」

　一哉は空也の武者修行の一端に触れて驚きの言葉を発した。

「薩摩藩藩主の島津《しまづ》齊宣《なりのぶ》様がおられる満座の前で願いを拒まれた新蔵どのの相手

をそれがし、務めました。薬丸新蔵どのは渾身《こんしん》の力でそれがしを叩《たた》きのめそうとし、それがしは必死で受け止めました。この満座の打ち合いが東郷示現流の一門を、特に示現流の筆頭師範酒匂兵衛入道《ひょうえにゅうどう》一族を怒らせ、われら、薬丸新蔵どのとそれがしは、幾たびも酒匂一族からの刺客を迎えることになりました」

「空也どのは、薬丸新蔵どのの相手を為しただけではございませんか」

と一哉が疑問を呈した。

「さような言い訳は薩摩では通りません。新蔵どのはもとよりそれがしも、薩摩出国の折り、肥後《ひご》との国境、久七峠《きゅうしちとうげ》で酒匂兵衛入道どのに待ち受けられ、尋常勝負を強いられる羽目になりました」

「なんと、いや、立ち合われなかったのですか」

「もはや立ち合うしかそれがしが生きる道は残されていませんでした」

しばし間を空けた一哉が、

「勝負に勝ちを得られたゆえ、この広島城下に坂崎空也どのはおられる」

と洩らし、空也は頷いた。

「武者修行にはかような恨みつらみが待ち受けております」

「で、薩摩の東郷示現流との戦いは峠の勝負で終わりを告げたのですね」

「いえ、それが始まりでした。酒匂兵衛入道どのの嫡子らに追われる旅を繰り返し、肥前長崎《ひぜんながさき》では、嫡男の太郎兵衛《たろうひょうえ》どのと唐人寺《とうじんでら》で戦い、相打ちに倒れ、太郎兵衛どのは身罷《みまか》り、それがしは長崎出島《でじま》の阿蘭陀《オランダ》屋敷で異人医師の手術を受けて瀕《ひん》死《し》のまま一月《ひとつき》半ほど気を失っておりました。その折りです、江戸ではそれがしの死を覚悟する集いが催されたそうな」

空也の話を聞き終えた一哉は長い間無言だった。

いつの間にか、ふたりに茶菓が供されていた。

一哉は沈黙したまま茶碗を手にして茶を喫《きっ》した。

「やはり坂崎空也どのと従兄の武者修行は、うまく説明できませんが全く違う武者修行と思えます。空也さん、従兄の真似など夢にも考えますまい」

と一哉が反問した。

空也は頷き、一哉が、

「空也どのの武者修行は命を張った対等勝負です。従兄の場合」

「違いますか」

とこんどは空也が質した。

「金子が絡《から》んだ時点でそれがし、従兄の武者修行をやはり認められないのです」

と一哉が言い切った。

「一哉どの、そなたはひとつの道を受け入れられた。その道を弛《たゆ》まず歩き通されることです。それが間宮先生方の決断に応えるただひとつの道かと思います」

はい、と返事をした一哉が、

「もはや従兄は間宮道場に戻ってはきませんか」

「一度は戻ってこられましょう。されど佐伯彦次郎どのには、間宮道場を継ぐ意志などありますまい」

「武者修行がもたらした考えですか」

「はい。そう申してもよいかと」

「繰り返しになります。空也どのは、尚武館坂崎道場を継ぐ意志はないのですか」

「それがし、紀伊藩の内八葉外八葉の姥捨の郷に戻るまで武者修行を全《まっと》うすることだけを考えて生きております」

空也は姥捨の郷に待つ人がいることは一哉に告げなかった。そして、佐伯彦次郎もまた、武者修行に出立した数年前の気持ちなど寸毫も覚えてはいまいと、思った。

「それがし、明日から己が決めた道を歩みます。空也どの、日にちの許されるかぎり、それがしに武者修行の厳しさの片鱗《へんりん》を教えてくだされ。どのようなご指導にも耐えてみせます」

と願い、約定《やくじょう》した。

空也はしばし沈思し、

「承知いたしました」

と返答していた。

第二章　戦い為らず

一

江戸・神保小路の直心影流尚武館坂崎道場に一人《いちにん》の武者修行者が訪れ、式台前に佇んで、

「頼もう」

と願った。

道場で門弟衆がいちばん多く、朝稽古が活況の最中、五つ（午前八時）の刻限だ。

気合声や竹刀での打ち合いの音が式台前にも響き渡っていた。そんななか、偶《たま》さか応対に出たのは三月《みつき》前に入門したばかりの新米見習い門弟、旗本表御台所《おもてみだいどころ》

頭《がしら》二百七十石鵜飼《うかい》家の四男武五郎《たけごろう》だった。神田《かんだ》に生まれ育った江戸っ子だ。

「入門をお望みですか」

「入門ではなか、立ち合いである」

西国訛《なま》りが応じた。

「立ち合い、まさか真剣勝負じゃないよな」

武五郎が思わず部屋住みの次男や三男の朋輩《ほうばい》と話す言葉遣いで質した。

「さように考えられてもよい」

武五郎は旅塵《りょじん》と陽光に見舞われた歳月に疲れ果てたという体《てい》の相手を長々と眺め、

「おまえさんさ、尚武館道場がどのような道場か承知かえ」

と尋ね返した。

「江戸を訪れるのは初めて、それも最前踏み入れたばかりゆえ存ぜぬ」

「驚いたぜ。知らないで訪ねてきたって」

「さよう、往来にて通りがかりの町人に江戸にて余裕のある剣道場はどこじゃろうかと尋ねしところ、神保小路の尚武館道場を訪ねよと教えられた」

「おまえさんさ、余裕のある道場ってのは、どういうことだえ」

武五郎は入門した折り、先輩門弟に、

「尚武館の門弟はなにより言動には気をつけよ、相手を慮《おもんぱか》り、丁寧であれ。仲間言葉など当道場では使ってはならん」

と教えられていた。だが、武五郎は相手の形《なり》を見て、ついそのことを忘れてしまった。

「うーむ」

と唸《うな》った十七歳の武五郎は周りに門弟がいないと見て、

「おめえさん、立ち合いってのは、道場破りということか」

と質していた。しばし自問するように間を置いた相手が、

「道場破りと考えられてもよか」

と答えた。

「驚いたな。尚武館道場に道場破りが来ちゃったよ」

武五郎は改めて相手をしげしげと見た。歳は三十前後か、無精髭《ぶしょうひげ》に覆われた顔から察した。

「道場破りなんてつまらねえぜ。怪我をするぜ」

「お若いの、とくと聞きない。道場破りは命をかけてのことじゃ。わしの怪我な

ど案じんでよか」

「驚いたぜ」

と応じた武五郎だが、ふたりの応対を見る霧子の姿にふと目が留まった。

尚武館道場の師範代のひとり重富利次郎《しげとみとしじろう》の女房と武五郎は承知していた。

「鶏飼さん、と申されましたな。そなた、入門の折り、丁寧な言葉遣いをなされと忠言されていませぬか。さような応対では尚武館の恥になりまする」

と霧子が武五郎に注意した。

「はあ、このお方、道場破りに尚武館道場に来たと言うんですぜ。いえ、申されますので、どうしたらよいのかね」

「道場破りですか。ならばさように道場主の坂崎先生にお伝えなされ、鶏飼さん」

と霧子が命じた。

霧子は、鶏飼武五郎に尚武館の仕来《しきた》りを最初から教える心算《つもり》でそう命じた。

(えっ、そんなのありか)

武五郎は思ったが、近くで見る霧子は堂々として威厳があった。

「分かったぜ」

武五郎は霧子に応えると早々に道場の奥へと消えた。

「入門早々の門弟でございます。失礼な対応、お詫びします」

と霧子が詫びた。

「そなた、道場の奉公人か」

「いえ、門弟のひとりにございます」

「なに、こちらには女子《おなご》の門弟もおられるか」

「はい、女子という曰くで入門を拒まれることはございません」

「剣術は遊びではなかぞ。江戸の剣道場は変わっちょるな」

「さようでしょうか」

「江戸城近くにある道場ゆえ門弟衆も大名家や旗本衆の子弟でなかろうか。内所は豊かと見たと」

「そなた様、真《まこと》に道場破りにお出でになりましたか」

「江戸へ着いたはよかがめし代もなか。それで道場破りを思い付いた」

と正直に答えた。

霧子はこの言葉になんとなく相手の人柄を察し、関心を抱いた。

「これまでも道場破りはなされましたか」

「食い扶持《ぶち》に困った折りに二、三度。いや、もう少しやったかもしれん」

と相手は素直だった。

「出は西国にございますね」

「女子衆《おなごし》、よう分かったな。それがし、西国豊後杵築《ぶんごきつき》の生まれだ」

「おやおや」

と霧子が応じたところに武五郎が中川英次郎を伴い、戻ってきた。

「おや、霧子さんが応対しておられたか」

と武五郎を見た。その眼差しは霧子が応対していることをなぜ道場で告げなかったのかと言っていた。

「中川様、西国豊後杵築城下のお方だそうです。お名前は聞いておりませぬ」

「霧子さん、相分かりました」

と応じた英次郎が尚武館道場に道場破りに訪れたという武芸者に視線をやった。

「姓名、流儀の儀、お尋ねしてよかろうか」

「兵頭留助《ひょうどうとめすけ》、剣術は杵築藩にて真心影流《しんしんかげ》、さらには棒術も習い申した」

と応じた相手が、

「当道場では立ち合いはなさぬか。となれば他に当たる」

「いえ、事と次第によっては立ち合いいたします。まずは道場にお通りなされ」

「えっ、尚武館で道場破りを受け入れるのか、知らなかったぜ」

英次郎の返答を聞いた武五郎が兵頭留助よりも驚きの言葉を思わず洩らした。

英次郎が新米門弟を睨《にら》んだ。

「そのほう、鵜飼武五郎と申したな。入門の折り、道場での言葉遣いを覚えよと注意されなかったか」

「ああ、つい忘れちまった。ああ、違いました、忘れておりました。以後気をつけます、中川様」

その様子を見た英次郎が、

「武五郎、霧子さんに言葉遣いをとくと道場内で教えていただけ、よいな」

と命じ、

「は、はい」

と命が分からないまま、返事をしていた。

「お客人を門弟が出入りする内入口に丁重に案内なされ、武五郎」

兵頭留助を門弟らが出入りする式台脇の内入口へと武五郎は案内していった。

式台から道場に戻りかけた英次郎が、

「新米見習い門弟がふだん遣いの言葉をつい喋《しゃべ》りたくなるくらい、妙な御仁が訪ねてこられましたな。長屋は空《あ》いておりましたかな」

と霧子を振り返り、尋ねた。

「門番に確かめてきましょう」

と霧子が答え、尚武館道場で三助《さんすけ》年寄りと呼ばれる佐々木玲圓時代からの門番季助《きすけ》のもとへと向かった。霧子同様に英次郎も道場破りという兵頭留助の人柄を察していた。

一方、尚武館坂崎道場に入った兵頭留助は、身を竦《すく》ませていた。

四百畳の広々とした道場で二百人を超える門弟衆が稽古をしていた。

兵頭は豊後杵築藩の番屋務めを辞して剣術の腕を試してみようと旅に出て以来、九年め、ようやく最後の目標にしてきた江戸に辿《たど》り着いた。その江戸で真っ先に訪ねた道場が公儀の官営道場と目される直心影流尚武館坂崎道場であったのだ。かような道場を兵頭は見たこともなかった。

「兵頭さん、どうしたえ」

武五郎が立ち竦んだ道場破りに問うた。

「これが江戸の道場か」

「驚いたかえ、だからさ、おれが言ったろう。道場破りなんぞ無理だ、怪我をしてもつまらないとね」

武五郎はまた言葉遣いを忘れて兵頭に話しかけていた。

「どうしたな、お客人を先生に引き合わせたか」

英次郎が武五郎に質した。

「中川若先生、こちらのお方、お客人でございませんよね、道場破りと言われましたよ」

「道場破りかお客人か、先生がお決めになる」

英次郎に言われて武五郎が見所の前に立つ坂崎磐音のところへ連れていった。

「坂崎先生、道場破りかお客人か、それがしには分かりませんが、若先生に命じられてお連れしました」

武五郎が磐音に声をかけた。

「なに、武五郎どの、聞きとれなかったか」

と磐音が武五郎に応じて視線を兵頭留助に移した。すると傍らから英次郎が、

「先生、兵頭どのは豊後杵築藩が出自と聞きました」

「なに、譜代《ふだい》大名杵築藩松平《まつだいら》様のご家臣であったか」

磐音は懐《なつ》かしい同胞を見るように兵頭を見た。

「そ、それがし、竹田津手永《たけたづてなが》の村番屋の下士《かし》にございました」

と兵頭が慌てて磐音に言い直した。

手永とは藩の行政区分といってよい。この当時の杵築藩は、八坂《やさか》、安岐《あき》、小原《おわら》、来浦《くのうら》、両子《ふたご》、そして竹田津の六手永のもとに藩内の村々が編入されていた。

「おお、竹田津に勤めておられたか。それがし、同じ豊後の関前藩の出にござってな、坂崎磐音と申す。よう参られたな。稽古相手をお探しか」

磐音が兵頭に尋ねた。すると武五郎が、

「坂崎先生、兵頭さんは最初、それがしに道場破りと考えられてもよかとたしかに申されましたぞ」

「武五郎どの、道場はこの喧噪《けんそう》じゃぞ、聞きとれなくとも不思議ではあるまい」

磐音が事情は承知の上でかように武五郎に応じていた。

「そうか、そうかな」

武五郎が首を捻《ひね》りながら兵頭を見た。

「兄さん、すまん。わしはいま思い出したぞ」

と兵頭が武五郎に言った。

「なにを思い出したのさ」

「豊後関前と関わりを持つ直心影流の剣術の達人が江戸で名を成して、公方様《くぼう》にも拝謁《はいえつ》したと聞いたことがあったが、まさかこの道場の主が、豊後関前の坂崎磐音様と関わりがある御仁ではあるまいな」

「おまえさん、そのことも考えずにいきなり尚武館坂崎道場に飛び込んで道場破りをなそうとしたのか。おまえさんがいう御仁が眼の前におられるお方だ」

との武五郎の言葉を無言で考えていた兵頭が、

「わあっ」

と叫んで、

「兄さん、この数日めしもまともに食ってないで腹が減ってな、なにも考えられずに飛び込んだのだ」

「呆《あき》れたな」

武五郎が叫び、磐音と英次郎がふたりの掛合いの問答に笑い出し、

「英次郎どの、道場破りどころではないぞ。まず兵頭どのにめしを食していただくのが先であろう。武五郎どの、そなた、尚武館の賄場を承知じゃな、そちらに

お連れなされ」

「先生、道場破りはどうなるので」

「道場破りですか、明日でも明後日でもよかろう」

　と磐音が答えるところに霧子が姿を見せて、

「先生、道場の長屋がひとつ空けてございます」

「手早いな。兵頭どの、二、三日、長屋で過ごしてその気になったら道場破りでも稽古でもしなされ」

　と磐音が言い、武五郎が茫然自失している兵頭を賭場に連れていこうとした。

「鵜飼武五郎さん、尚武館の言葉遣いを教えますでな。道場に竹刀を携えて戻ってきなされ」

　と霧子が言った。

「言葉遣いを教わるのに竹刀がいるのか、霧子さん」

「ええ、竹刀が二、三本要《い》ります」

　と霧子がいい、はあっ、と武五郎が首を捻った。

　霧子の前に武五郎が竹刀を手に立っていた。

尚武館に見習いとして仮入門して三月、坂崎磐音を頂点とする尚武館道場の剣友、師範、師範代、古手の門弟衆、通いの門弟衆と毎日何百人もの者たちが剣術の稽古に没頭する様は、剣術好きの武五郎も想像もしなかった光景だった。だれがだれか、未だ顔も名前も覚えきれない。ひたすら道場の雰囲気に慣れようとしたが未だ道場内の稽古に圧倒されて、ただうろうろしていた。

そんな折り、出会ったのが兵頭留助だった。

霧子が師範代の重富利次郎の女房ということは承知していたし、尚武館のなかで特異な弟子とは聞かされていた。だが、その稽古を見たことはなかった。

「鵜飼武五郎さん、これまで剣術はだれに教えられていたの」

「おれの、もとい、それがしの叔父が一刀無念流《いっとうむねんりゅう》をここに入門するまで教えてくれたのだ。いえ、教えてくれましたのです」

「いいわ、今日はあなたの好きなように話して説明なさい」

「おお、いいか。叔父はさ、おれの剣術は道場稽古ではない、実戦で覚えた稽古ゆえ実際に立ち合えばその力が発揮できると自慢げに言って、おれに一刀なんとか流を教えてくれたのよ。その叔父がさ、半年前に流行病《はやりやまい》であっさり身罷ってな、それでこの尚武館に入門したんだよ。霧子さん、最前、なんだと言ったっけ、兵頭留助さんが、道場破りをしにきたのを見てよ、おりゃ、兵頭さんと立ち合ってみようかとちらりと考えたのさ」

「武五郎さん、兵頭さんの力があなたと同じ程度と見たの」

「最初は尚武館に道場破りにきたくらいだ、強いはずだ、と思ったさ。ところが道場に入ったとたん、身を竦ませたのを見てな、おれとちょぼちょぼかと思ったのよ」

「それで兵頭さんと立ち合おうと思ったのね」

「おお、そういうことだ、霧子さん」

「兵頭さんはなんといっても何年も武者修行をしてきた武芸者よ。それなりの力があるお方だと思うわ」

「そうかな、道場に入ったとたん、あの態度だぜ」

「いいわ、兵頭さんの力がどうだなんて、明日になればわかるわ」

「兵頭の旦那《だんな》、尚武館の門弟になるのか」

「さあてどうでしょう。差し当たっての厄介は、新米の見習い門弟、鵜飼武五郎さんよ」

「霧子さん、どうしようてんだ。竹刀でおれの言葉が直るかな」

「難しいわね。まず、その態度から改めようか。いい、私に叔父御から習った一刀無念流で打ちかかっていらっしゃい」

と霧子が武五郎と向き合った。

「霧子さんさ、いいのか。女子衆に打ちかかって怪我でもさせたら、師範代の重富利次郎さんからおれがぶっとばされないか。利次郎さんは尚武館でも三本の指に入る力の持ち主だぜ」

「利次郎様は、いまではさような乱暴はいたしません」

「うーん、ということは昔は乱暴者だったか」

「乱暴者かどうか、あなたの年ごろは神保小路の道場で暴れ回っていたわね。あなたがどの程度の技量か見てあげる」

「おお、利次郎さんの昔と比べてみてくれないか」

武五郎が竹刀を片手に握り振り回した。

「そうね、あなたが四半刻《しはんとき》（三十分）この場で立っていられたら、坂崎先生に申し上げて正式な門弟にしてくださいとお願いしてあげる」

「おお、いいな。見習い門弟はもう十分だよな」

武五郎が言い切った。

「反対に四半刻もしないうちに道場の床に転がっていたら、いいこと、鵜飼武五郎、尚武館に入ったら礼儀正しく、言葉遣いは丁寧に話すと約定して」

「いいとも、霧子さんよ。おれは明日から尚武館坂崎道場の門弟だな」

ふたりが向き合った途端、一刀無念流の上段打ちが霧子を襲った。が、どこがどうなったか道場の床に転んでいたのは武五郎だった。

「どうしたの、鵜飼武五郎」

「ち、畜生、やりやがったな。女子と思って油断した」

とよろよろ立ち上がった武五郎に霧子の小太刀《こだち》流の胴から面打ちが決まって道場に転がり、あっさりと気を失っていた。

その様子を見ていた利次郎が、

「霧子、見習いは素人《しろうと》だぞ。手加減してやらぬか」

「十分に手加減してこうです、亭主どの」

「となれば致し方ない、しばらく道場の床に寝かせておくか」

と師範代の利次郎が言った。

二

安芸国広島藩の間宮一刀流間宮道場では、坂崎空也が門弟衆に受け入れられて、落ち着いた日々を過ごしていた。

空也が間宮道場を訪れて以来、佐伯一哉を始め、伊東作左衛門、玉木九次郎、園田米松らの門弟と、竹刀や木刀を合わせて稽古を繰り返していた。

空也は道場の長屋に部屋をもらった。住み込み門弟らと一緒に食堂で遅い朝餉《あさげ》と夕餉の二度を食するのは尚武館坂崎道場以来の習わしゆえ、ときに間宮道場の暮らしが尚武館のそれと重なってくる。

空也は、八つ半には道場に出て独り稽古の、

「朝に三千、夕べに八千」

の野太刀流の続け打ちをなす。むろんタテギはなく素振りだ。

仮想のタテギに向かい礼を為すと、右足を出すと同時に右蜻蛉に構え、右左と打ち据える。一瞬にして右足を左足に替える。足の位置はタテギに対して直角だ。さらに足のかかとは上げ、親指、人差指、中指の三本で立つ。ともあれ、タテギ

のない道場では仮想の続け打ちを為すしかない。

続け打ちが半刻を過ぎたころ、佐伯一哉が道場に姿を見せた。

空也は野太刀流の独り稽古を中断して直心影流と間宮一刀流の基の形や動きを一哉と教え合い、稽古を為した。竹刀や木刀を構えての打ち合いより、二派の流儀の基を繰り返す。こうすることによって二派の流儀の理念や形の違いが分かるのだ。

この朝、ふたりが稽古をしていると園田米松が姿を見せて、

「坂崎様、過日、教わったタテギを造ってみた。見てくれんやろか」

と言い出した。

「おお、米松どの、手を煩《わずら》わせましたな」

「庭に置いてございますが、道場に運び込みますか」

「いえ、庭でようございます」

空也の返答で三人は庭に出た。

桜の老樹が主の趣《おもむき》の庭に朝の光が差し込んで、その一角にタテギが置かれてあった。

父親が山奉行の配下という米松は物心ついた折りから父親に連れられて山に入

り、木材を扱うことに手慣れているせいか、がっしりとした見事なタテギだった。

「これでよかろうか」

「薩摩以来、これほど見事なタテギを見たことはございません」

「横木は柞《ゆす》と言われたが、この界隈《かいわい》じゃ柞は手に入らん。その代わり間引いた杉の丸太がうちにいくらもあったと。これでよかろうか」

「いえ、繰り返しますが、これほど見事なタテギを間宮道場で見られるとは努々《ゆめゆめ》考えもしませんでした、有難うございました、米松どの」

若い空也の労いの言葉に米松が、

「うちにな、なにに使うつもりか分からんが、本赤樫《ほんあかがし》の丸太があったで、坂崎様に聞いた薩摩の木刀の長さに切《ぼっ》てみました」

こちらも見事な薩摩風、径が通常の木刀の一倍半、長さは五尺に近い本赤樫の木刀を見せた。

通常、木刀は樫か白樫か本赤樫だ。身分が上の武家の木刀は黒檀《こくたん》や枇杷材《びわざい》でも造られた。樫材の中では本赤樫が強かった。

米松は木刀を使う者の身になって素材を選んでいた。

「おお」

と感激した空也が米松手造りの木刀を握ると、

「まさか、これを振り回すのではありませんよね」

と間宮道場の後継者が問うた。

「いえ、薩摩では柞ですが、かような大きさ、長さの木刀でタテギの続け打ちを為します」

「それがしに木刀《ぼっと》を持たせてくだされ」

と願った一哉に空也が渡した。

「これは重すぎる」

と薩摩風の木刀を握った途端、一哉が言った。

「おはようございます」

「なんの騒ぎですか」

玉木九次郎や伊東作左衛門ら住み込み門弟が集まってきた。

「作左どの、この木刀を手にしてみよ」

と一哉から渡された作左が、

「うむ、薩摩ではかような棒を木刀と呼びますか。これはそれがしには無理です。いいえ、これで『朝に三千』の素振りなど到底無理、出来ません」

と正直な感想を述べ、米松お手製の木刀は集まってきた門弟の手から手へと回っていった。

空也はタテギに置かれた横木が十数本ほどあるのを確かめた。

「米松さん、何度も申し上げます、かように立派なタテギを見るのは薩摩以来、真《まこと》に惚《ほ》れ惚《ぼ》れします」

と感謝した空也のもとへ木刀が戻ってきた。

「試してようございますか」

空也は間宮道場の跡継ぎに問うた。

「手を痛めますぞ、まずは軽く試しなされ、空也どの」

一哉の言葉に頷いた空也が履物を脱いで裸足《はだし》になると、一同から離れてまず木刀の感触と重さを試すように両手で素振りした。柞の木刀よりいささか重いが何年も「朝に三千、夕べに八千」の素振り稽古を続けてきた空也には、なんともこの重さが力強く心地よかった。

「うんうん、木刀《ぼっと》も見事な造りです、米松どの」

と声を掛けられた米松が嬉《うれ》しそうに笑った。

「野太刀流、続け打ちを試してみます」

と言い残した空也はタテギの前に正対した。

一方、一哉たちはタテギから離れた。

間宮道場の庭に朝日が降っていた。

空也は木刀を片手にタテギに向かって瞑想した。

その瞬間、空也は間宮道場において久しぶりの監視の眼を感じた。むろん間宮道場の門弟衆ではない。といって殺気とか憎しみの眼差しではないと空也は思った。

両眼を見開いた空也がタテギを正視した。

空也は五尺の木刀を右手にゆったりとタテギに歩み寄った。タテギの前で腰を下ろし、木刀はタテギの下に置いた。

見物人の門弟衆はなにも言わない、無言で空也の動きを見ていた。

空也がすっと立った。

長木刀を右蜻蛉に構えた。

「おおっ」

と驚きの声が初めて見る門弟衆から上がった。

一哉も作左も九次郎も声こそ洩らさなかったが、赤樫の五尺の木刀が天を衝《つ》く見事な構えに感嘆した。道場内で空也が見せてくれた蜻蛉の構えよりはるかに圧倒的な迫力があった。

次の瞬間、空也が右足を踏み出したために長身の構えが低くなり、木刀がタテギに振り下ろされた。

杉を束ねた横木が揺れた。

空也の左右の足が替わり、左蜻蛉から横木の束に打たれた。

間宮久孟は庭から伝わる気配に回廊に出て空也の野太刀流の続け打ちを見た。

左右の足が替わり、五尺の木刀が交互に横木を打突した。

（三分ほどの力か）

と間宮は思った。

空也の動きには心地よい間合いと律動があった。何年も修行した者だけが身に着けられる、美しい構えと動きだった。

（なんという武者修行者か）

横木を打つ木刀に少しずつ力が加えられた。

どれほど続け打ちが繰り返されたか。

続け打ちを止めた空也がタテギの前から十数歩離れた。

間がとられた。

右蜻蛉に木刀を構えた空也の口から鋭い気合声が発せられると、腰を低くして一気にタテギに向かって走り寄った。

空也の裸足は、親指、人差し指、中指の三本で地面を捉えていた。

タテギに木刀が果敢《かかん》に振り下ろされた。

掛《か》かり打ちだ。

続け打ちを十分に五体に浸みこませ、足腰が定まった武芸者でなければ掛かり打ちはこなせない。

ドスン
と鈍い音が間宮道場の庭に響き、木刀が十数本束ねられた杉の横木を真っ二つに叩き割っていた。

空也がタテギに腰を沈め、木刀の先端を地面につけて一礼した。

間宮道場の庭にいつの間にか百人余の門弟が集まっていた。

だれもなにも言わない。

沈黙が庭を支配していた。

空也が間宮を見て一礼し、

「どなたか試してみませぬか」

と門弟衆に声をかけた。

「それがし、薩摩剣法を会得《えとく》したなどと思うてもおりません。薩摩はご存じのように藩の外に薩摩剣法を披露することはございません。かような機会に薩摩の剣術を試すのは、間宮先生、間宮一刀流にとって悪《あ》しきことにございましょうか」

「いや、坂崎空也どの、そなたが文字どおり命を張って修行した薩摩剣法を知るのは、悪しきことどころか、得難い機会と思う。どうだ、坂崎空也どのが広島に逗留《とうりゅう》している間、薩摩にかぎらず坂崎どのが学んだ他流を教えてもらっては」

との道場主間宮久孟の言葉に無言であった門弟衆ががやがやと感想を述べ合い、

「それがしはできん」

「おれもできん」

「だれが空也どのの打突ができるか」

と言い合った。

そんな様子を見た間宮から、

「よいか、坂崎空也どのが広島におられる間、間宮一刀流の臨時師範をお願いする。つまりは空也どのの指導はどのようなものであれ、間宮一刀流の稽古と思え。

分かったな」

と言われた門弟衆だが、まだ覚悟を決めた者はいなかった。それを見た師範代の吉峰将三郎が、

「だれぞ薩摩剣法の志願者はおらぬか。ひとりも名乗り出ぬとなると間宮一刀流の恥になろうぞ」

と言い出した。

「師範代、あの木刀を振り回せるのはうちの道場では、宮迫丹兵衛《みやさこたんべえ》だけであろうぞ」

「おお、相撲《すもう》取りの丹兵衛か。あやつ、この場におるか」

「あやつ、道場稽古の前に相撲の稽古をしてきますでな、もうそろそろ姿を見せてよいころです」

と門弟と師範代の吉峰の間で話がなった。

一方、空也は、

「米松どの、相すまなかった。タテギを見て嬉しくなり、つい掛かりをしてしまい横木を叩き割ってしまった。道場に横木代わりになる材はなんぞござるまいか」

「坂崎様、そげんこともあろうかと横木は余分に持ってきましたぞ」

と長屋門に走っていった。

するとエ木九次郎が米松の手伝いにさっと向かった。

タテギの傍らに残ったのは伊東作左と空也のふたりだ。佐伯一哉はいつの間にか姿を消していた。

「空也どの、あの木刀を振り回すだけでもそれがしの腕は折れましょう。そのうえ二の腕ほどの横木を十数本、あっさりと叩き割ってしまわれた。薩摩剣法、恐ろしやというべきか、坂崎空也、畏るべしというべきか」

「作左どの、お試しなされませ。実際にやってみれば薩摩剣法の恐ろしさ、欠点も見えまする」

「それは薩摩を知る坂崎空也どののゆえ言えること」

とふたりは言い合いながら、空也が掛かり打ちでへし折った横木を片付けた。

そこへ米松と九次郎が横木の余分を運んできた。

「作左、そなたら、空也どのと立ち合い、すっかり空也信者になったようじゃな。間宮一刀流から直心影流、いやさ、空也流剣術に鞍替《くらが》えをなすか」

道場主がタテギの傍らにきて告げた。すると跡継ぎの一哉もふたたび姿を見せた。

「先生、こちらから願っても、空也どのからお断わりがありましょうぞ」

と作左が言い、

「一哉どの、朝の間、野太刀流の素振りを稽古されておると聞いた。どうです、この木刀で横木の束を叩いてみませぬか」

と一哉に笑いかけた。

「作左どの、それがしに試しを回さんでくだされ。空也どのの木刀の打突を見ただけで、怖気《おぞけ》を震いました。西国で武名を馳せる薩摩剣法を経験した空也どのの真似など出来ませぬ」

と一哉も試しを断った。

そんな問答の間に横木が替えられた。そこへ師範代の吉峰が、

「先生、うちの門弟で太刀打ちできるのはこの宮迫丹兵衛ひとりですぞ」

と背丈は五尺七寸ながら体重は二十五、六貫ほどありそうな若者を連れてきた。

丹兵衛は事情が分からぬまま、この場に連れてこられて戸惑っていた。

「おお、わしもこのタテギの試し打ちができるのは丹兵衛だけやと思うておったわ」

と言い出したのは園田米松だ。

「米松さん、こりゃ、なんの騒ぎな」

「うちの道場の力自慢は、丹兵衛、そなたが一番じゃろ。相撲の相手は人やろが、けどな、坂崎空也さんの修行した薩摩剣法はこのタテギが相手じゃ」

米松と丹兵衛のふたりは、間宮道場のなかでも少ない下士身分と思えた。

丹兵衛がタテギを見た。すると米松が空也のもとに戻ってきていた木刀を、

「お借りしてもいいですか、わしの朋輩、宮迫丹兵衛に握らせとうございます」

と言った。

「むろんです」

「空也様、丹兵衛はわしと御長屋が一緒でしてな、力持ちでは道場一、いや、藩内一の力士です」

と紹介した。

空也から木刀を受け取った米松が、

「本赤樫の木刀はわしが拵《こしら》えたと、持ってみい」

と丹兵衛に渡した。

「これが木刀か、棒切れじゃないか」

「それが薩摩の木刀じゃ」

うむ、と言いながら木刀を持った丹兵衛が、

「なに、武者修行の侍さんはこれを振り回すか」

と小声で米松に聞いた。

「おお、軽々と振り回されるわ。もう少し早くこの場にくれば、続け打ちも掛り打ちも見られたぞ。見よ、わしが造った横木の束を一撃でへし折られたわ」

「そりゃ、なかろう」

「いや、まっことじゃ。そんでな、丹兵衛、藩内で横木を折れるのはおまえしかおらんと話しておったのじゃ」

と米松が唆《そその》かした。

「木刀を振ってみる」

と言った丹兵衛が両手に握って構えを見せた。

「丹兵衛どの、よいか、両腕と木刀は垂直になるように保持されよ」

「どういうことやろか」

と首を捻《ひね》る丹兵衛から木刀を借りた空也が構えを見せた。

「間宮一刀流とは木刀の握り方が違うな」

「違いましょう。薩摩の刀も木刀も広島藩の家臣がたが使われる得物《えもの》より長いのです。その長い得物を自在に扱うために続け打ちの稽古をなします」

と言った空也が未だ薩摩流の構えを知らぬ丹兵衛に右蜻蛉を見せた。

「これが構えです」

「おお、凄か、魂消た」

と丹兵衛が素直な感想を洩らした。

空也が木刀を丹兵衛に渡した。

丹兵衛が蜻蛉の構えを真似たがどうしても直心影流でいう陰の構え、八双《はっそう》になる。薩摩の蜻蛉は、大らかにして攻めの構えだ。

「ううーん、構えは一日でなるめえ」

「いかにもさようです。薩摩の剣術と間宮一刀流の構えの違い、考え方の違いを知ることです」

「分かった。木刀を振り回してよかろうか」

「よいですか、気持ちだけでも腕の先の木刀が一直線になるように構え、動かしてみてくだされ」

丹兵衛が木刀を両手に握り、上段から中段へとゆっくりと振り下ろした。

「米松さん、この木刀を真に振り回せるか、信じられん」

と言った丹兵衛が空也に木刀を返した。

空也が幾たび目か庭先での続け打ちを披露すると、丹兵衛が茫然と空也を見た。

「丹兵衛、このタテギを叩かんか」

と米松が同輩を唆すと無言で首を横に振った。

三

この日の夕べ、坂崎空也は佐伯一哉に伴われて一哉の実家を訪ねた。立派な屋敷門の佐伯家は広島藩浅野家の格で長柄《ながえ》以上と呼ばれ、そのなかでも寄合《よりあい》と呼ばれる重臣の一家だった。

手入れの行き届いた庭の泉水《せんすい》に夕べの陽射しが落ちて水面《みなも》をきらめかせていた。

空也はしばらく修理亮盛光を手に庭に散る陽射しを見ていた。すると案内方の一哉も足を止めて空也の関心が変わるのを待ってくれた。

「これは失礼をいたしました。庭の趣がそれがしの足を止めさせました」

広縁《ひろえん》から座敷に視線を戻した。

奥座敷で一哉の父御の佐伯由良助《ゆらのすけ》らしき人物ともう一人《いちにん》、同年配の武家が空也を迎えた。

空也が広縁に坐そうとすると、

「上様から拝領の盛光を広縁に置かせるわけにはいきますまい。座敷に遠慮のうお入りくだされ」

と一哉の父親の由良助がいい、

「失礼いたします」

と応じた空也は飾り棚の付いた座敷に通った。

「父上、伯父御、尚武館坂崎道場の一子《いっし》、坂崎空也どのです」

と一哉がふたりに改めて紹介し、

「伯父御は佐伯彦左衛門《ひこざえもん》、彦次郎従兄《じゅうけい》の父御にございます」

と言い添えた。

「間宮一刀流間宮道場に世話になっておりまする坂崎空也と申します」

「江戸神保小路の直心影流尚武館道場の主、坂崎磐音氏はそなたの父御にござるな」

と由良助が念押しした。

「はい、父にございます」

「武者修行中じゃそうな」

と一哉の父が質した。

「西国を巡って四年になります」

「一哉から聞いたが最初の武者修行の先は薩摩藩じゃそうな。ようも国境が越えられたものよ」

「武者修行がなんたるか、薩摩入国がいかに厳しいかも知らぬ無知《むち》蒙昧《もうまい》な十六歳にございました」

空也は薩摩入国の騒ぎと経緯《いきさつ》を手短に語った。

「なんとも凄まじい武者修行の始まりよ」

と由良助が洩らし、

「空也どの、それがしの次男も武者修行に出ておるが、そなたの爪の垢《あか》を煎《せん》じて飲ましたいわ」

と彦左衛門が独語した。

「佐伯彦次郎様にございますね。広島藩に足を踏み入れて以来、彦次郎様の名を聞かぬ日はございません」

「はて、そなたと違い、よき評判とはいえまいな」

彦左衛門が苦笑いした。

「彦次郎様の武者修行は五年になるとか」

「十九歳で間宮道場を去り、五年になり申す。この二年余り彦次郎の武者修行ぶりが面白おかしゅう藩内で評判になり、そのたびに赤面して間宮久孟どの の顔をまともに見られぬわ」

彦左衛門が顔を顰めた。

一哉が空也を佐伯家に招いた理由は、やはり彦次郎の武者修行の一件があってのことかと思った。

「空也どの、彦次郎の武者修行ぶりをどう思われるな。同じ武者修行者として忌《き》憚《たん》のない考えを聞かせてくれぬか」

一哉の父親由良助が質した。

「間宮道場で間宮先生方にも申し上げましたが、武者修行にもいろいろとございましょう。それがしと彦次郎様の武者修行が違って当然かと思います」

「わが家の小者伴作を伴い、千代丸なる愛鷹を携え、絹物の装束で武者修行をしておるそうな、それがしはそこまでは我慢もする。だが、さような費えを道場破り、十両勝負にて賄っておると聞かされ、あいつの父親は他人様《ひとさま》に顔も向けられぬ。このこと、坂崎空也どのはどう思われる」

彦左衛門の口調が厳しくなった。

空也はしばし間を置いた。そして、正直に考えを述べるべきと思った。

「それがしが薩摩入国で経験したように、武者修行は死の恐怖を克服する旅かと存じます」

「そなたの江戸の実家では、この四年の間に弔いの仕度までなされたそうな」

由良助が一哉から聞いたか、念押しした。

「はい、のちに聞かされました。なんとも実家の身内や尚武館の門弟衆に面倒をお掛けしております。とくに母の辛き想いを察すると、なんのために武者修行をしているのか、すべてを投げ出して江戸へ戻りたく思います」

「それでも空也どのは死の恐怖を克服して武者修行を続けておられる」

彦左衛門の言葉に迷いがあった。

「武者修行とは、ある遊行僧が無言裡に諭《さと》された『捨ててこそ』への答えを見つけることかと思い、続けております」

「なんと空也上人の『捨ててこそ』の言葉が坂崎空也どのの武者修行を続けさせ

る力か」

と由良助が洩らし、

「十両勝負とえらい違いかな」

と彦左衛門は慨嘆《がいたん》した。

「いえ、十両勝負も自ら死の恐怖に立ち向かい、乗り越える術《すべ》かと、それがし思います。金子を賭けた以上、生死の戦いを為すしか方策はないのです、逃げ道はございません」

「そのように考えられればのう」

彦左衛門が後悔の言葉を述べた。

それまで黙って三人の問答を聞いていた一哉が言い出した。

「空也どのも武者修行を終えるときが来ておると、申されましたね」

「はい。武芸求道は死の間際《まぎわ》まで続くのだと近ごろ思うようになりました。とするならば武者修行のかたちを変えてもよきかなと思いました」

「身内や門弟衆の待っている江戸の尚武館に戻られる心算《つもり》じゃな」

「いえ、江戸の尚武館に戻る前に紀州《きしゅう》高野山の麓、内八葉外八葉とも呼ばれる姥捨の郷に立ち寄ります」

「ほう、高野山の麓の姥捨の郷な」

彦左衛門が異なことを聞くという表情で問うた。

「わが両親は老中田沼意次《ろうじゅうたぬまおきつぐ》・意知《おきとも》父子との戦いを避けて諸国を放浪したことがあるそうです。その放浪の旅の最中、それがし、最前申した土地、姥捨の郷にて生まれたのです。こたびの武者修行の出立にあたり、この姥捨の郷がそれがしの武者修行の終わりの地と心に決めておりました」

こんな告白に三人がそれぞれ胸の想いと問答をなしていることが空也には分かった。

ふっと一哉が吐息を洩らし、話柄《わへい》を変えた。

「空也どの、彦次郎従兄に従う老爺《ろうや》、伴作を城下で見かけた者がおりまする。ただし五年の歳月が経《た》ったのと、伴作には形や容貌を変える芸がございますゆえ、見間違えとも考えられまする」

空也は、間宮道場に逗留してから時折り感ずる監視の眼が伴作ではないかと思った。だが、この場では口にしなかった。

「彦次郎様も武者修行をいったん終える決心をなされたのでございましょうか」

「伴作は彦次郎が物心ついた折りから従ってきた小者にござる。伴作がこの広島城下におるということは、彦次郎も城下ではのうても所領内におると考えたほうがいい」

空也の問いにこのように答えた彦左衛門の懸念が佐伯家への招きの所以《ゆえん》かと空也は知らされた。

「伴作は、彦次郎を信奉しており、彦次郎と伴作ふたりでの武者修行とそれがしも兄も思うておる。この一点を見ても彦次郎の武者修行は変わっておるわ」

と由良助が言い切った。

「変わっておるとはそれがし、思えませぬ」

「ほう、なぜそう思われるな」

「それがし、二度死にかけたと申し上げましたが、その折りも多くの方々に助けていただきました。二度めの長崎での大怪我の折りは、阿蘭陀商館がある出島に運ばれ、それがし、異人外科医師方の手術でかように元気を取り戻したのです。どのようなお方も武者修行は独り修行と考えられたとしたら、その時点で死が待ち受けておりましょう」

空也は正直な気持ちを告げた。

「従兄は伴作や愛鷹の千代丸に助けられての武者修行と申されますか」

「それがし、彦次郎様にお目にかかったことがございません。ゆえにそう言い切るのは間違いかもしれませんが、五年の武者修行の間、数多くの人々が手を差しのべてくれたはずと思うだけです」

「そうか、そうであろうか」

と答えた一哉の表情には疑いがあった。

「空也どの、そなた、最前、母御のことを話されました。武者修行に出て母御と同じように感じられる女性《にょしょう》にお会いになりましたか」

と一哉が問うた。

このことに驚いたのは実の父親と伯父のふたりだった。

「一哉、さような気持ちで生死を賭けた武者修行が全うできるものか」

と父親の由良助が詰《なじ》るかのように言った。

そのとき、若い女衆が問答の続く座敷に姿を見せて、

「一哉様、夕餉の仕度があちらに整ってございます」

と告げた。

「おお、茜《あかね》さん、有難う。うちの手伝いまでさせましたな」

と一哉が詫びて、

「空也どの、間宮道場の末娘の茜さんです」

と紹介した。

空也は間宮道場に七日ほど滞在していたが、間宮家の奥の暮らしや女衆は全く知らなかった。

「おお、それがし、間宮道場にお世話になっております、坂崎空也です」

「はい、父から空也様のことをあれこれと聞かされております。本日は父が佐伯家にお邪魔するはずでしたが、拠無《よんどころな》い曰くで叶わず、代わりに私がこちらに参っております」

と言った。

間宮茜は、二十歳前後か、深く澄んだ瞳の娘御だった。

空也は茜を見て、なぜか眉月のことを思い出した。

「あちらに席を移して話を続けようか」

この屋敷の主、由良助が言った。すると茜が、

「私、一哉様のお言葉を聞いてしまいました。武者修行に出て母御と同じように感じられる女性にお会いになりましたか、というものです。非礼とは思いますが間宮茜、坂崎空也様のご返答が聞きとうございます」

と言い切った。

「なに、茜さんは空也どのの返答が聞きたいか」

と由良助が困惑の顔をした。

「いや、弟よ、一哉と茜さんの関心、わが愚息のことを考える縁《よすが》になるわ。それがしも聞きたいぞ」

彦次郎の父、由良助の実兄の彦左衛門が言い出した。

四人の眼差しが空也に集まった。

ふっ、とひとつ息を吐いた空也が、

「正直に申し上げます。茜さんはご存じないと思いますが、薩摩入国の折り、それがし、半死半生で薩摩の川内川の岸辺に流れついておりましたそうな。骸《むくろ》のようなそれがしを見つけたのは、薩摩藩八代目藩主島津重豪《しげひで》様の元御側御用《おそばごよう》、麓館と呼ばれる砦《とりで》の城主の渋谷重兼様と孫娘の眉月姫でございました。それがし、渋谷一族の介護でなんとか命を取り留めたのです」

「分かりました」

と茜が笑みの顔で言った。

「なにが分かりました、茜さん」

と一哉が口を挟《はさ》んだ。

「空也様は、いまも渋谷眉月様とお付き合いがあるのではございませぬか」

と問い、

「はい」

と空也が即答した。

「なんと」

と驚きを発したのは一哉だった。

彦左衛門と由良助兄弟は、

(このことをどう考えればよい)

という戸惑いの表情を見せていた。

「眉月様は薩摩国から江戸藩邸の屋敷に戻られましたが、いまではわが両親や妹と親しく交遊があるそうです」

と答えた空也が、

「かようにわが武者修行には数多の人々が関わり、助勢をしてくれました」

と言い添えた。

「驚いたな。それがし、坂崎空也どのの武者修行は『朝に三千、夕べに八千』のような過酷な打ち込みの日々ばかりと思うていた」
と一哉が茜を見た。
「一哉様、空也様の凄さは木刀を振り回すことだけではございません。かように
わが身を助けてくれたお姫様とのお付き合いもあるのです。それが武者修行者の
余裕と思いませんか」
「さすがに間宮先生の娘御じゃぞ、われらより武者修行がなんたるかを言い当て
られたわ、弟よ」
彦左衛門が由良助に言い切り、
「空也どのの武者修行には余裕があるということは分かったわ。差し障《さわ》りはわが
愚息よ。彦次郎はなにを考えて武者修行をしてきたのであろう」
と父親が改めて疑問を呈した。
「彦次郎様の為人《ひととなり》を知らぬゆえ、何も申し上げられませせぬ。ただひとつ、彦次郎
様が間宮一刀流間宮道場の後継者になるという望みを未だ抱いておられるかどう
かについては、それがし、小指の先ほども考えられませせぬ、と申し上げたい。跡
継ぎはこの場におられる佐伯一哉どのです」
と言い切った。

「ほら、ご覧なさい、一哉様。道場や藩を出て、明日が見えない修行をなされたお方のお考えは、はっきりしているのよ」

と茜が言った。そして、

「一哉様、そろそろご自分のお考えを固めないと彦次郎様が道場にお戻りになりますよ。その折り、きっと空也様が推量された考えをお述べなさるわ」

「さようか、従兄が広島に戻ってこられるか。となると、空也様と彦次郎様、武者修行者ふたりが間宮道場に揃《そろ》われるか」

と空也を見た。

一哉は迷っていると思った。本日佐伯家に呼ばれた理由だった。

「坂崎空也どの、彦次郎がそなたに勝負を申し込むことはないか」

と父親が案じた。

「さあてどうでしょう」

と首を傾げた空也だが、

(武者修行者両人が並び立つことがあろうか)

と疑問を持った。

「ご一統様、武者修行者がふたり会《お》うたとして、ご一統様のような知り合いばかりの城下です。われら、軍鶏《しゃも》の喧嘩《けんか》のような武者修行をしてきたわけではございませぬ。ご案じなされますな」

と言い切った空也だが、実の父親の危惧はありうるかもしれんとも思った。

「なによりそれがし、十両という大金の持ち合わせはございませぬ」

と空也が言い添え、

「おお、そうだ、空也さんの懐には二朱ほどしか入っておらぬそうだ。これでは勝負もなにもあったものではあるまい」

と一哉が笑った。

「そうでしたね、ならばあちらの座敷に移りましょうか」

と茜が誘い、一同が腰を上げた。


夕餉を佐伯家で馳走《ちそう》になった空也は、一哉、茜のふたりとともに間宮道場へと夜道を向かった。三人のなかで酒を口にしたのは一哉だけだ。

「おふたりさん、いつ祝言を上げられますか」

「彦次郎さんと会ったあと、と茜さんと話し合ってきました」

「一哉様、そのことに拘ったのはあなたです」

と茜が言い切った。

「おふたりに尋ねてようございますか」

空也の問いに、なんなりと、と一哉が即答した。

「五年前、彦次郎さんが広島を出られる折り、間宮家の姉妹のどちらかと許婚《いいなずけ》であったということはありませんか」

空也の問いにふたりの足が止まった。

「やはり空也さんは察しておられましたか。姉が彦次郎さんに好意を持っていたのはたしかです。そして、父がそのことを話して道場の跡継ぎへと願ったのです。私どもはあとで知らされました」

と茜が答えて歩き出した。

「姉上はどうされています」

「彦次郎さんが広島を出て二年後、藩士のお方と結婚し、今ではふたりの子持ちです」

「幸せなのですね、それはよかった」

と応じた空也は、三人をひたひたと尾《つ》けてくる者の気配を感じた。だが、ふたりの同行者にはそのことを告げなかった。

「おふたりも彦次郎さんのことに拘らず一日も早く祝言を挙げなされ」

と空也は余計な節介を口にした。

四

間宮道場の大門通用口を叩いて常駐の門番に開けてもらった佐伯一哉は、茜と話がなっていたらしく、

「今宵《こよい》は間宮家に泊めてもらいます」

とわざわざ空也に断った。

このところ早朝の空也の朝稽古に付き合うために間宮家に泊まっていたことを空也は察していた。

「夜道を屋敷までお帰りになることはございますまい。明朝、道場でお会いしましょう」

「いえ、庭のタテギにてお待ちします」

と一哉は応じた。

「タテギは叩けないにしても空也どのを見倣《みなら》って『朝に三千』の真似事だけでも

試してみとうございます」

「お待ちします」

と道場の長屋に戻ろうとする空也に茜が、

「大変楽しい宵にございました。空也さんの武者修行の最後の地が生まれ故郷の高野山の麓、姥捨の郷と聞かされて、茜は感動しました。空也さん、無事に生まれ故郷にお戻りになるように一哉様と毎日祈っています」

「有難う、茜さん」

「明日の夕餉はうちで食しませんか、姉夫婦も呼んでございます」

と声をかけてくれた。

「連日のお誘い恐縮です」

と空也は応じ、三人は、

「お休みなさい」

と挨拶し合って別れた。

空也は門番に種火をもらい、長屋に戻った。

その瞬間、異変を感じた。

しばし戸口に佇み、異変がなにか知ろうとした。何者かが長屋に入った気配を空也は推量していた。

種火を大きくしようと口で吹くと微《かす》かな灯りが上がり框《かまち》に白いものがあるのを浮かび上がらせた。

種火で行灯《あんどん》に火を灯《とも》して確かめた。文だった。書状の宛名ははっきりと、

「直心影流尚武館道場坂崎空也殿」

と滑《なめ》らかな達筆で認《したた》めてあった。

もはやだれからの文か空也は察した。

佐伯彦次郎からの書状だと知れた。

書状を披《ひら》き、行灯の灯りで短い書面を読んだ。

「宮島厳島《みやじまいつくしま》神社にて明日深夜九つ(午前零時)会いたし　武者修行者佐伯彦次郎」

とあった。

短い文面を吟味するように読んだ空也は、彦次郎が会いたしと認めた狙《ねら》いは、

「真剣勝負」

しかないと思った。

部屋に上がった空也はしばし沈思し、佐伯彦次郎の意図を考えた。

空也は、佐伯彦次郎自身を直《じか》に知らなかった。されど父親の佐伯彦左衛門、師

匠の間宮久孟から娘の茜、彦次郎の叔父にあたる佐伯由良助と一哉父子らをすでに知っていた。

かような知り合いがある佐伯彦次郎と真剣勝負を為す意があるのかどうか。一武者修行者坂崎空也は思案した。

武者修行者としてどちらが生き残ろうと、数多の知り合いの哀《かな》しみや憎しみを残す立ち合いは、

「不要の戦い」

と判断した。

空也は旅に出る荷造りをしながら間宮久孟一人《いちにん》に文を書くべきかどうか迷った。筆記用具は江戸への文を書くために借り受けていた。それを確かめた空也は、当然のことながら道場主間宮には辞去の理由を書き残すべきだと決意した。行灯の灯りで、

「間宮久孟様
かくなる書状を長屋にて受領致し候《そうろう》。同梱《どうこん》します。

それがし、思案の末、この申し出受ける所存に非ずとの考えに達し候。

ゆえに武者修行に戻り候。

間宮先生を始め、佐伯家の方々、門弟衆と親切なる持成しの数々、
それがし、生涯忘れなき思い出に候。

坂崎空也」


と認め、長屋に残した。

旅仕度は慣れたものだ。瞬《また》く間に出来た。

それでも行灯の灯りを消し、彦次郎の文を置いた主、空也の行動を見張っている者の気配を推量した。空也の武芸者の勘は、その者がいないと教えていた。だが、用心を為して一刻ほど夜具に横になり、仮眠をとった。

武者修行者の習わしのひとつに、どのような情況下でも短い間でも体を休めることがあった。体力を常に温存し、生き残るために必須の条件だった。

一刻ほど眠った空也は深夜九つ過ぎに眼を覚ました。そして、夜具を部屋の隅に片付けると草鞋《わらじ》を履いた。最後にいま一度見張りの眼を探ったが、その者がいないことを確信し、長屋を出ると大門脇の通用口を静かに開き、表に出た。

一刻半（三時間）後、提灯《ちょうちん》を手にした佐伯一哉がタテギの置かれた庭に姿を見せて、庭先に空也の姿がないことに気付いた。道場であろうかと道場に入った。

こちらにもその姿はなかった。

武者修行者の坂崎空也が寝坊をするなどありえない。

(異変が生じたか)

一哉は長屋を訪ねてしばし戸口に佇み、中の気配を探った。空也の気配を感じなかった。戸を開けると提灯の灯りが書状を浮かび上がらせた。

(空也どのは道場を去られたか)

昨晩、その気配は全くなかった。にも拘《かか》わらず武者修行に出立されたとはなにが起こったのか。

書状の宛名は道場主の間宮久孟だ。

一哉は書状を手にとり、空也の温《ぬく》もりを感じとった。

七つ(午前四時)の刻限まで長屋で待った一哉は、間宮家に戻った。久孟は道場に出る仕度をなして茶を喫していた。いつもの習慣だ。

「どうしたな。昨夜の佐伯家の集いで、なんぞあったとは茜から聞いておらんが」

「師匠、坂崎空也様が道場を出ていかれました」

空也の書状を師匠へと差し出した。

間宮久孟が無言で書状を受け取り、しばし沈思したのち披いた。そして、二通の文のうち己の名が記されたものを読んだ。その口から、

「なんと」

という言葉が洩れ、同梱された書状を続けて抜き書面に眼を落とした。

「おのれ、彦次郎め。出ていった折りと根性は変わっておらんわ」

と吐き捨てた。

一哉が無言で師匠を、舅《しゅうと》になる人物を見た。

「一哉、読みなされ」

と差し出された文二通を読んだ一哉が短いふたつの文面を吟味し、

「師匠、彦次郎従兄の文は空也どのとの真剣勝負を願うものでございましょうか」

「念押しするまでもないわ。彦次郎の老僕の伴作の姿がちらちらと道場の内外にあったが、とうとうかような文を送りつけてきおったわ」

「空也どのは、従兄からの勝負の申し出を避けられたのですね」

「一哉、考えてもみよ。坂崎空也どのは彦次郎の師匠たるわしの正客、また臨時とはいえ師範のひとりに願った御仁じゃぞ。そのお方どころか師匠たるわしにな

んの断わりもせずかような文を届けて、空也どのが素直に受けられるわけはあるまい」

静かなる口調に怒りがあった。

「武者修行者にとって申し出を受けて戦うことより拒むことのほうがなんぼか難しかろう。空也どのはその途《みち》を選ばれた」

師匠の言葉を聞いた一哉が沈思した。

「彦次郎従兄はもはや間宮道場の敷居は跨《また》げませぬ」

「どの面《つら》下げて道場を訪ね得るや。彦次郎の剣技は五年前よりはるかに上達していよう。じゃが、人柄はもはや度し難いわ。どのように絹物の衣服で飾ろうと、十両ほしさの守銭奴《しゅせんど》に過ぎぬ」

とまで久孟が言い切った。

「この書状の始末、どうなされますな」

と一哉が久孟に糺した。

その言葉に平静を取り戻した久孟が、

「この書状を知る者は一哉ひとりじゃな」

「はい」

「しばしこの書状は表に出せまい。坂崎空也どのは武者修行に戻られたと門弟には説明いたそうと思う。どうだな」

「それが宜《よろ》しいことかと思われます」

と一哉も師匠の判断に賛意を示した。だが、剣友の緒方享伸や師範代らにはこの経緯を説明せざるを得まいと道場主の胸のうちを察していた。

「寂しくなったのう」

久孟がぽつんと呟いた。

「寂しゅうございますな。それがしの胸にぽっかりと虚《うつ》ろの穴が開いたようで」

と師弟は言い合った。むろん寂しいと感じたのは空也が武者修行に戻ったことだ。

「それがし、坂崎空也どのに稽古をつけてもらいとうございました」

一哉の独白に間宮は頷き、ふたりは道場に向かった。

道場では空也の姿が見えないことを門弟のだれもが訝《いぶか》りながらも、道場主の間宮久孟と跡継ぎの佐伯一哉が険しい表情で稽古ぶりを見ているものだから、だれもそのことに触れることはなかった。

門弟の一人ひとりに注意を与えた間宮が見所に戻った折り、剣友の緒方享伸が声をかけてきた。

「なんぞあったかな。昨夜は跡継ぎどのの家に呼ばれたと聞いておるが」

「緒方様、稽古が終わったあと、母屋《おもや》にて話しとうござる」

「なに、さような話か」

と緒方が険しい顔を見せた。

宮島では佐伯彦次郎が愛鷹の千代丸を飛ばしていると老僕の伴作が広島城下から戻ってきた。

「どうしたな、坂崎空也どのは」

「若、道場を出られましたぞ」

「やはりそうか。直ぐにこちらの誘いに乗る御仁ではないわ」

と彦次郎が言い切り、

「いずれ坂崎空也の足跡はたどれよう」

と己の考えを述べた。

「もはや、若は間宮道場を訪れることはございませぬな」

「ないな。従弟《いとこ》の一哉が道場を受け継ぐのはそれがしが後継者になるより間宮一刀流にとってよきことであろう」

と言い切った。

「さあて、どうしたものか」

彦次郎の呟きを受けて伴作が呼子《よびこ》を吹いた。すると厳島の海の上を飛翔していた千代丸が彦次郎の腕に戻ってきた。

「若、坂崎空也様の武者修行の終わりの地は、紀伊国高野山の麓、内八葉外八葉と呼ばれる姥捨の郷なる地にございますそうな」

「ほう、修行完結の地は江戸の尚武館坂崎道場ではないのか」

「なんでも空也様が生まれた地が姥捨の地にございますそうな」

「坂崎空也が生まれた地が高野山の麓なるか」

「そう、わしの耳には聞こえましたがな。それに空也様は武者修行を終わらせたいと思うておるようでしてな、間宮道場の門弟衆とも実に親し気に付き合うておりましたぞ。それに比べて若は」

「もはや、道場どころか実家にも帰れぬ身になったわ」

「若、武者修行を続けますかな」

「坂崎空也と決着をつけるまでは、われらの武者修行は続きおるわ」

「ならば紀伊国に向かいますかな」

「急ぐ要はあるまい」

「ございませんな。されど持ち金が乏《とぼ》しくなりましたぞ、若」

「広島城下で十両勝負はできんな。中国筋はもはや手を付けた。となると、瀬戸の海を渡って四国伊予国《しこくいよのくに》の大名諸領地、松山《まつやま》藩十五万石松平家あたりかのう」

「おお、八十八ヶ所の巡礼の地にはわしども、足を踏み入れておりませぬな」

「ないな。船を探すのが先かのう、その程度の費えは残っておるか」

「十両を残すとなると船代が足りるかどうか」

「どうしたものかのう」

この主従、武者修行者の緊迫感はまるでない。

「そうじゃ、若。厳島神社の拝殿に剣技を奉納するというて、なにがしか神社から金子を頂戴できませぬか」

「となると間宮一刀流の間宮道場の名を持ち出すことになるぞ」

「いかんか」

「もはや、佐伯彦次郎は間宮道場から放逐《ほうちく》されておる身、最後に名を借りようか」

「ならばわしが神社に掛け合《お》うてこよう」

と主従の行動が決まった。


同じ刻限、広島城下間宮一刀流間宮道場の母屋に剣友の緒方享伸、師範代の吉峰将三郎、道場の後継者佐伯一哉らが顔を揃えた。

「なんぞ、われらが知らぬことが生じたかな」

と緒方が口火を切った。

「緒方様、まずこの文を」

間宮久孟は佐伯彦次郎が坂崎空也に宛てた短い書状を見せた。

「昨晩、坂崎空也どのの長屋に置かれてあったそうな」

「なんと、佐伯彦次郎め、己の所縁《ゆかり》の道場の客人に真剣勝負の依頼をしたか」

「まずはさようかと。その文を読んだ空也どのがそれがしに宛てた書状にござる」

と久孟が二通目の文を緒方に渡した。緒方は彦次郎の文を吉峰将三郎に渡すと空也が間宮久孟に宛てた文を読み始めた。

「うーん、かような経緯がありて坂崎空也どのは道場を出られたか、なんとも残念至極なり」

と緒方が洩らし、二通目も吉峰に渡した。

この場の四人は、空也が道場を出ざるを得なかった事情を理解した。

「さあてこの始末、どうしたものか」

と緒方が道場主を見た。

「武者修行者が武者修行者に宛てた書状ゆえ、当人ふたりの間のこと」

「と、間宮先生、言い切れるか」

「彦次郎の実家佐伯彦左衛門どのに知らせるべきでしょうな、この経緯」

「おお、当然じゃな。その次第で間宮道場の態度をはっきりとすべきかと存ずる」

「いささか遅きに失しましたが、間宮道場門弟佐伯彦次郎を放逐するということでござろうか、緒方様」

と吉峰が質した。

緒方が彦次郎の従弟の佐伯一哉を見た。

「それがし、なんとも申し上げられませぬ。伯父とわが父にこの経緯、分かってもらうことは大事かと思います」

と一座に告げた。

「ひとつだけ、ご一統様にお尋ねしとうございます」

「なんだな、一哉」

と道場主が己の後継者にして婿を見た。

「従兄彦次郎は、空也どのの決断を知ったとき、武者修行者坂崎空也どのとの真剣勝負、忘れましょうか」

一座に重い沈黙があった。

このふたりの武者修行者が戦うということは、どちらが勝ち、どちらが負けようと厄介な難儀を呼ぶと思われたからだ。空也の腰にあるのは、当代将軍徳川家斉から拝領した修理亮盛光だった。

両眼を閉ざして沈思していた間宮久孟が、

「当道場から放逐しようとしまいと、佐伯彦次郎の坂崎空也どのへの敵愾心《てきがいしん》が薄れるとは思えぬ。却《かえ》って真剣勝負に拘るような気がする」

と吐き出すと、その場の三人が頷いた。

「どうしたもので」

と吉峰が呟き、

「間宮先生、佐伯彦左衛門・由良助兄弟にまずは相談なさるのが先かと存ずる。佐伯両家にとって、彦次郎の所業、藩に知られたくはありますまい」

と緒方が言った。

「先生、それがしも佐伯両家の説明の場に同行させてください」

と一哉が願い、今後の行動が決まった。

第三章　月明かりの立ち合い

一

　尚武館小梅村《こうめむら》道場では奇妙な門弟がふたり、客分の小田平助《おだへいすけ》の指導で稽古を始めようとしていた。道場の縁側にだらしなく腰かけた中間《ちゅうげん》の形《なり》の竹村武左衛門《たけむらぶざえもん》が漫然とした眼差しで稽古を見物していた。

「平助どん、妙なふたりが神保小路から送られてきたな」

「ふたりしてなかなかの異才たい、武左衛門さん」

「ほう、槍折《やりお》れの平助どんが異才と評されるか」

「兵頭留助というてな、剣術は真心影流、棒術も真心影流の遣い手じゃっと」

「さような御仁が真心影流の本家本元に道場破りに来たというか」

武左衛門は伊勢《いせ》の津《つ》藩の家臣と自称していたころがある。ただ今はこの界隈の下屋敷の中間として奉公している。二本差しのころが懐かしいのか、中間の形で武家言葉を織り交ぜた。

「そいがくさ、江戸に着いたばかりでなんも知らんと神保小路の尚武館に立ったと思いない」

「ほうほう、おもしろいな。棒術の遣い手なら平助爺と立ち合ったな」

「わしゃ、あん人が道場破りに訪ねた折りは知らんと、あとで聞いた話たい」

ふーん、と武左衛門が鼻で返事をした。

「何日もめし粒一つ口にしとらんことを知ったわが坂崎磐音先生が、留助どんにめしば食わせて長屋で休ませよと命じたそうな。めしばたらふく食うてひと晩道場の長屋でぐっすり眠ったと思いない」

「なに、道場破りにめしを食わせ、長屋に泊まらせたか。相変わらず神保小路の道場主は甘いのう。そのようなことでは尚武館坂崎道場は潰れようぞ。わしがきつく坂崎磐音に忠言しようか」

と言い放った。

浪人時代の竹村武左衛門と御家人の倅品川柳次郎《しながわりゅうじろう》、それに豊後関前藩を脱藩して江戸に出たばかりの坂崎磐音は、三人して両替商今津屋《いまづや》の用心棒を為して以来の仲間だ。ために中間の身分に落ちても武左衛門は、天下の直心影流尚武館坂崎道場の主にも相変わらずのタメ口で娘の早苗《さなえ》にいくら注意されても直らない。

「まあ、それもよか。一宿一飯の縁を気にしたか、尚武館道場の門番の季助爺の手伝いをしてな、決して道場に入らんげな。まあ、わしが初めて神保小路の道場を訪ねた折りの気持ちといっしょやろね。直心影流の何百人もの稽古を見せられて、しょぼんとしていた当時を思い出したと」

「平助どんの槍折れは、ほんものやったぞ。あの御仁の棒術はどうだ」

「道場の内外の掃除をしてくさ、剣術も棒術もだれにも見せんげな。わしはな、それなりの技の持ち主と見とると」

平助が武左衛門に告げた。

「で、あの若造は付き人か」

「違うちがう。兵頭留助が尚武館を訪ねてきた折り、応対した見習い門弟たい。道場では丁寧な言葉遣いをしないと教えられても、江戸育ちの四男坊の仲間言葉がどげんしても直らんげな。神保小路では、困り果ててふたりを小梅村に送ってきたと違うな」

「若い衆、名はなんだ」

「鵜飼武五郎ちゅうてな、武左衛門どんの武といっしょたい」

「ひとりは道場破りくずれの留助、もうひとりは江戸育ちの餓鬼《がき》んちょの武五郎か」

と言った武左衛門がふたりを見た。

その両人に尚武館小梅村坂崎道場の道場主田丸輝信《たまるてるのぶ》がなにか教えていた。

「坂崎磐音め、あのふたりを持て余して小梅村に送ってきたか」

「神保小路は公方様もお見えになる道場たい。あんふたりは小梅村でゆっくりと稽古をしながら、かたっぽうは江戸の暮らしになれ、もうひとりは言葉遣いを直そうと考えられたと違うね」

尚武館坂崎道場の客分の小田平助は、諸国を行脚《あんぎゃ》して槍折れの技で食ってきた人物だ。

小田平助が官営道場と巷《ちまた》で評される神保小路の尚武館と出会ってからそれなりの歳月が過ぎた。今では神保小路でも小梅村でも新入り門弟たちに剣術の猛稽古をなす体力をつけるため、また槍折れそのものの技量を身につけるために平助が槍折れを基本から教えていた。

平助と武左衛門が話している間に小梅村に通ってくる門弟衆が六人ほど集まっていた。

「小田平助客分、指導を願います」

田丸輝信が平助に声をかけた。

六人から離れて兵頭留助と鵜飼武五郎のふたりが立っていたが、

「おい、おまえさんのせいで武五郎、小梅村なんてところに島流しになったぞ」

と文句を言った。

「武五郎さん、島じゃなかろ。川の傍《そば》たいね、こん川、なんちゅう川ね」

「なに、道場破りの旦那は、江戸を流れる川の名も分からねえか。隅田川《すみだがわ》はよ、大川《おおかわ》とか、この界隈では浅草川《あさくさがわ》とも呼ばれるな。上流にいきゃあ、荒川《あらかわ》だぜ」

と武五郎が教えた。

「おい、道場破りの旦那、おめえ、槍折れを承知かえ」

「うん、槍折れは棒術の一種であろう」

「ならば、おめえさんもおれの代わりに稽古に加わりねえ。おりゃ、中間のやりそうな槍折れの稽古などご免だぜ」

と武五郎が言い、

「おい、新米の門弟見習い、わしの婿どのの小梅村道場を馬鹿にしておらぬか。道場破りくずれといっしょに、槍折れ師匠の小田平助どんにど頭《たま》を下げんか」

と武左衛門が言い放った。

「おい、中間、おれは神田生まれの江戸っ子だぜ。棒振りはご免蒙《こうむ》ろう」

と武五郎が抗った。すると真心影流の棒術をなすという兵頭留助が、

「武五郎どの、わしはこの道場が気に入ったと。槍折れを習いたか、わしといっしょに稽古をせんね」

と誘った。

「なに、神保小路より肥《こえ》くさい小梅村が気に入ったかえ。おめえさんがやるのにおれだけ高みの見物じゃ、神保小路に帰ったとき、なにを言われるか分からねえか。よし、これもなにかの縁だ。付き合おうじゃねえか」

武五郎が百姓家を改造した道場の板壁に掛けられていた槍折れを二本掴《つか》むと、

「槍折れの師匠、おれたちにも棒振りを教えてくれないか」

と言った。

入門して三月だが、鵜飼武五郎は小田平助の槍折れの技をまともに見たことがなかった。

「うむ、どげんしたもんやろかね、武左衛門の旦那」

平助が縁側の武左衛門に問うた。

「三月前に入門して未だ見習いの二文字が消えない弟子がこれまでいたか」

「わしが神保小路に関わり持って何年にもなるが、三月も経って見習いがとれん門弟はおるめえ」

と平助が応じて、

「客分、その見習いはどうでもよかろう。兵頭留助どのの棒術の力量が知りたいな」

と田丸輝信が小田平助に願った。田丸は小梅村の道場主に指名されたくらいだ、それなりの直心影流の技量を有していた。ゆえに兵頭留助の剣術と棒術の技量を察していた。

「と、小梅村坂崎道場の道場主の注文たい。兵頭どの、稽古ばしてみらんね」

と誘いかけた。

「客分、西国の出じゃな」

「わしかね、福岡《ふくおか》藩郡奉行《こおりぶぎょう》支配下芦屋《あしや》洲《す》口番《くちばん》の下士の出じゃと」

「それがし、豊後杵築藩に関わりがあったと」

と両人が出身地を名乗り合い、

「兵頭留助どん、棒術見せてくれんね」

と改めて小田平助が願った。

留助が頷き、武五郎の持つ槍折れに手を差し出した。

「おい、道場破りの旦那、客分の小田平助ってじい様、なかなかの腕だと門弟たちが噂しているぜ。おりゃ、庭先でよ、裸足でやる槍折れの稽古には近づかないことにしているんだ」

「武五郎さん、霧子さんにあっさりと倒されたな。何刻ほど道場の床に寝ていたか承知な」

「女と思うて油断したのよ」

「わしは油断せんごとして、小田平助様に挑んでみるたい」

と言い残した留助が、

「小田客分、お願い申す」

と挨拶して小田平助の前に立った。すると弟子たちが、すっ、と後ろに下がった。それを見た武五郎が、

「おい、道場破りの旦那、危なくねえか」

と囁《ささや》いた。が、もはや兵頭留助は聞く耳を持たず草履《ぞうり》を脱ぎ棄てると真心影流の棒術の構えを見せた。

「やはり兵頭留助どんの棒術、なかなかたいね」

平助が構えを見ただけで呟き、槍折れを相手に合わせた。

小梅村の坂崎道場に緊張が走った。

背筋を丸めてだらしなく縁側の上がり框に坐していた武左衛門も姿勢を正した。

次の瞬間、兵頭留助の棒が小田平助の胸を突き、その鋭い突きを平助が外した。

攻めは留助、守りは槍折れの平助というかたちで槍折れと棒術の攻防が始まった。

小田平助は守りに徹して丁寧に兵頭留助の突き、殴り、払いをその場で受け続けた。四半刻後、留助が得物を、さあっと引いた。

庭の地面に坐した留助が、

「ご指導有難うございました」

と頭を下げた。

「兵頭どん、なかなかの棒術たいね。食い扶持を道場破りでと、考えなさったのがよう分かる。ただな、飛び込んだ先が、わしが何年も前に訪ねた尚武館坂崎道場たい。わしは、兵頭どんの先達の恥かきたいね」

小田平助が淡々とした口調で諭すように言った。

「小田平助客分、わし、こちらの道場で厄介になりとうございます、どげんやろか」

「坂崎磐音先生は、兵頭どんがそぎゃん考えられると思われたとよ。最初からその心算たいね」

「お願い申します」

と地面に正坐したまま乞い続ける兵頭留助に、

「おい、道場破りの旦那、この小梅村に残る気か。おりゃ、江戸外れの在所は嫌いじゃ、おれひとり尚武館に戻るからな」

「鵜飼武五郎どん、神保小路に戻ったところで道場に入れてもらえるやろかね」

と兵頭留助が笑みの顔で言った。

安芸広島城下間宮一刀流道場に厳島神社の禰宜《ねぎ》小築《こづき》源義《げんぎ》が訪ねてきた。師範代の吉峰将三郎が、

「おお、小築禰宜、広島に出てこられたな」

「ちいと用事でな。それで道場に立ち寄ったのだ。佐伯彦次郎さんはおらすやろ

か」

「うーむ、佐伯彦次郎は五年前より武者修行に出たままじゃが」

「ありゃ、数日前にな、神社の拝殿前で間宮一刀流の奥義《おうぎ》を披露したいといわれるで、うちの宮司《ぐうじ》が許されたと。その折りな、道場運営の費えの一環として十両を頂戴したいと申されたと」

「ちょ、ちょっと待ってくれんね」

吉峰が道場主の間宮久孟を呼び、立ち会ってもらった。

「小簗禰宜、最前の話、最初から願えんな」

「おお、佐伯彦次郎さんは間宮道場の異才じゃろが。十八の折り、うちの拝殿でな、あの若さで市杵島姫命《いちきしまひめのみこと》、田心姫命《たごりひめのみこと》、湍津姫命《たぎつひめのみこと》の三祭神に奥義披露をなしたのも見ておるし、武者修行に出られたのも承知じゃぞ」

「彦次郎が宮島に参られたと申されますな」

と間宮が念押しした。

厳島は宮島とも呼ばれた。

「はい、佐伯彦次郎の武者修行は厳島神社の奉納をもって終わると申されて、見事な披露をなされましたぞ。なにしろ神社を創建された佐伯鞍職《さえきのくらもと》以来、うちの神官は佐伯氏が世襲されてきた縁もありて、直ぐにその願い、聞き届けられたのでござる。その折りな、奥義披露として十両を乞われました」

「なんと」

と間宮久孟が驚きの声を洩らした。

「先生、五年に渡る武者修行の最後に厳島神社を選んでくれただけでも有難いことでな、十両などは安いものじゃ。その折り、彦次郎どのに、一応金子の十両は奥義披露の謝礼なりという書付をその場で出してもらいましたんや。ところが宮司に申し上げると奥義披露に証文など要らんと言うでお返しにきましたんや」

と禰宜が間宮道場訪《おとな》いの理由を述べた。

「なんと」

と小声で洩らした間宮久孟が、

「真にすまんことを願いましたな」

「いや、うちの佐伯宮司も大喜びな、最前も言うたが、なんとも見事な奥義披露に大満足でしたぞ」

「さようでしたか。改めて彦次郎に奥義披露をお許しになった厳島神社に感謝申し上げます」

間宮久盃は、小簗禰宜に応じて佐伯彦次郎の書いた書付をなんとか返却してもらった。

その夜、道場の母屋に彦次郎の父親である彦左衛門、叔父の由良助に一哉父子の佐伯両家、年寄の緒方享伸、吉峰師範代らが顔を揃えた。

一座に彦次郎の手跡《しゆせき》の書付が回され、厳島神社の小簗禰宜の道場来訪の理由が述べられた。

真っ青な顔をしたのは佐伯両家の三人だ。

無言のときが支配したあと、彦左衛門が、

「間宮先生、倅は広島藩所領でなんたる愚行をやらかしたものか。もはや、佐伯家からの彦次郎の勘当《かんどう》、先延ばしにできん」

と言い切った。

「伯父御、従兄の勘当の前になぜかような仕儀を彦次郎さんがなしたか、調べるべきではないでしょうか」

と一哉が言い出し、

「一哉、それがしが考えるに坂崎空也どのの当道場での滞在が関わっておろう。

彦次郎がどのように考えたか知らぬが、藩内の厳島まで戻ったにも拘《かか》わらず、神社にて十両の金子を乞うたには、必ずや空也どのの動向が関わっていようぞ」

と由良助が応じた。

「間違いございませんぞ、由良助様」

と賛意を示したのは吉峰だ。そして、

「真剣勝負を申し込んだ空也どのが道場から不意に立ち去られたため、彦次郎が厳島でかような行動に出たのは間違いなかろう。つまり空也どのを追っていこうとしたが、路銀がなかった。ゆえに厳島神社にかような奥義披露を申し出たと思いませぬか」

と一同に述べた。

「まずそんなところか。となると、彦次郎はもはや間宮道場に戻ってこられぬ」

「父上、従兄は武者修行の最後の戦いの相手に坂崎空也どのを選んだということでしょうか」

「まず間違いなかろう」

由良助・一哉親子の問答が交わされ、沈黙が訪れた。

沈黙を破ったのは彦次郎の父親だった。

「ご一同、最前も言うたが彦次郎の勘当はむろんのこと、殿、斉賢《なりかた》様への説明をなすべき時期かと思う。家斉様から拝領の修理亮盛光を腰に帯びて武者修行中の若武者、坂崎空也どのとの真剣勝負を彦次郎が執拗《しつよう》に狙うとしたら、広島藩浅野家に必ずや悪影響が出よう。もちろん佐伯家の取潰しも覚悟せねばなるまい。事が起こっては万事休すじゃ」

との判断に一同が思案した。

「彦次郎がうちに逗留中の空也どのの動きを承知なのは、老僕伴作が道場の動きを見張っていたからでしょうな」

と吉峰将三郎が話柄を変えた。

「それに決まっておろう。伴作は彦次郎と物心ついた折りから親密でな、武者修行に最初から同行しておる。藩目付の探索によると密偵ごとき真似をして、十両勝負に貢献しているというでな」

と父親が吐き捨てた。

座を幾たびめかの沈黙が支配した。

「われらにできることはなにか」

彦次郎の師の間宮久孟が独白した。

「間宮先生、藩はむろんのこと、間宮道場がうちの愚かな息子の責めを負わねばならぬような仕儀だけはなんとしても避けたい」

佐伯彦左衛門が胸の苦衷《くちゅう》を述べた。

「ご一統様、従兄の行いが厳島神社から世間に洩れるのをなんとしても防ぐのが先決ではございませぬか。従兄の武者修行の業績は空也どののそれに劣るとはいえますまい。されど十両を賭けての真剣勝負について、道場ではどなたもわれらの前では口にされませんが、武者修行者の所業に非《あら》ずと決して許しておられませぬ。また城下の評判も決してよくございません」

「そうか、城下でも彦次郎の十両勝負は噂になっておるか」

間宮が一哉の言葉を質した。

「間宮先生の代参《だいさん》として厳島神社にそれがしが詣《もう》でて、間宮一刀流の奥義披露に十両の受領など不要ゆえと申して返却して参りましょうか」

一哉の提言に一同が頷いた。

「それが先に為すべきことかのう。そのうえで斉賢様にはそれがしが佐伯彦次郎の勘当をお伝えしようと思う」

「ならば、彦左衛門どの、それがしも同道し、間宮一刀流間宮道場からの破門を申し上げようか」

と間宮久孟の言葉で一同の行動が決まった。

二

坂崎空也はひたすら瀬戸内の海に沿った山陽路《さんようじ》を東に向かって歩いてきた。海辺の脇道があればそちらを選んだ。三原《みはら》、尾道《おのみち》、福山《ふくやま》、岡山《おかやま》、そして、姫路《ひめじ》城下が遠望できる夢前川《ゆめさきがわ》の岸辺に辿り着いていた。

空也は広島城下を出て、一日に二度めし屋で質素な食事をなすだけで、足を止めて旅籠に泊まることもなく昼も夜もひたすら歩き通した。広島から姫路まで空也の経験から察して、およそ六十里と思われた。その距離を四日三晩で歩き切ろうとしていた。

広島を出る前に江戸神保小路の尚武館坂崎道場気付で重富霧子に宛てた書状を飛脚屋《ひきやくや》から投函した。広島から摂津《せっつ》大坂《おおさか》まで船便で、さらには京《きょう》を経《へ》て江戸まで早飛脚で頼めたのは、長崎会所の高木麻衣から頂戴した金子を所持していたからだ。霧子の名宛ての文には、父の坂崎磐音に宛てた書状が同梱されていた。

武者修行を終えると決意した空也の足取りは軽かった。

夢前川を木橋で渡った空也は城下を目指した。

関《せき》ヶ原《はら》の戦いのあと、慶長《けいちょう》五年（一六〇〇）十月十五日池田《いけだ》輝政《てるまさ》が播磨《はりま》一国五十二万石の大名として入封《にゅうほう》して以来、九家が目まぐるしく変わり、上野国前橋《こうずけのくにまえばし》から酒井《さかい》家が入ってようやく落ち着いた。

三代目酒井雅楽頭忠道《うたのかみただひろ》の治世下、白鷺《しらさぎ》城の異名を持つ姫路城の御堀端大手門前に空也は立っていた。

空也の疲れ切った両眼を見開かせるほど優美な白鷺城は、徳川家康《いえやす》の女婿《じょせい》池田輝政が慶長六年から八年がかりで築いた天下普請《てんかぶしん》の城であった。

夕暮れの刻限だ。

今宵は旅籠を探そうと思った。武家地をいくと町屋に出くわした。古そうな木賃宿に灯りが点っていた。店の前には秋茄子《なす》など野菜が並べられていた。宿は畑を持っているのか、そこで採れた作物を売るような木賃宿だった。

「ご免」

と声を掛けると女衆が姿を見せて空也の長身を眺めあげ、

「野菜を買う客じゃないわね」

と言った。

「部屋は空いておろうか」

「あら、そっちのお客さん。今日は珍しく空いているわ、風呂に入ったほうがよさそうね、夕餉も食する。酒もあるわよ」

「酒は要りませぬ。それより風呂は有難うござる」

「どこから来たの」

「安芸広島から参った」

「前夜はどこに泊まったのか尋ねたのよ」

「ゆえに横になったのは広島城下の剣道場の長屋であった」

「お侍さん、広島からずっと歩いてきたというの」

「はい。一日二たびめしを食う折りは足を止めましたが、寺の軒先にて仮眠することもありません。修行ゆえです」

女衆が、じいっと空也の顔を睨んだ。

「宿代はあるの。うちは風呂に入って夕餉と朝餉ならば薪代《まき》込みで二百七十五文だけど」

「前払いいたそうか」

「分かった。この足で湯殿に行って。夕餉は晦めしの残りよ。いいわね」

「めしは残っておるな」

「最前言ったでしょ、なぜか今日は客がいないのよ。どんぶり飯で何杯でも食べて大丈夫よ」

女が手を出した。空也の前払いという言葉を信じていないらしい。空也は、二朱を出した。

「釣りはあとでね」

と女がいい、空也は湯殿に追いやられた。古いが立派な湯船だった。独りだけと思ったらうす暗い湯船の隅に年寄りが湯に浸かっていた。

「客人かな」

どうやら宿の主《あるじ》のようだ。最前応対した女衆の父親かと空也には思われた。

「今晩厄介になります」

「旅のお方か」

「武者修行です」

年寄りは無言で湯船から空也を見上げ、

「今どき、珍しい御仁かな。何年になるな」

「十六の折りから丸々四年が経ちました。そろそろ旅を終えようと考えています」

「おう、道理で立派な体格かな」

と応じる年寄りに姫路城下に稽古をさせてくれる剣道場はあるかと聞いてみた。

「姫路は譜代大名さんや、剣術は昔から無外《むがい》流を伝えとるぞ。お侍さんなら承知やろうが辻月丹《つじげつたん》様が創始した流儀たい。けどな、藩に関わる無外流道場は、外の人間を入れんと聞いたぞ」

「ふらりと稽古をさせてくださいと願ってもダメですか」

ダメじゃろな、と答えた年寄りが、

「けどな、この宿の近くに辻無外流から爪弾《つまはじ》きされた弟子が道場の如《ごと》き稽古場を造ってな、町人にも教えておるぞ。そこならば稽古をさせてくれるかもしれん。木賃宿の亀吉《かめきち》から聞いたというてみんか」

「町人も稽古場に入らせておりますか。明日にも訪ねてみます」

「半丁ほど離れた破《や》れ寺の山門を潜りない。道場の主は撞木玄太左衛門《しゆもくげんたざえもん》といかめしい名じゃが無外流から追い出されたほどや、根性は悪くない」

と教えてくれた。

その夜、賄めしの残りという蛸《たこ》と大根の煮物、茄子の味噌汁《みそしる》でどんぶり飯を食した空也は早々に眠りに就《つ》いた。眼を覚ましたとき、六つ（午前六時）過ぎだった。三晩ほど眠らなかったにしても不覚だった。旅籠の台所には、すでに女衆らも起きていて楊陽寺《ようひじ》なる破れ寺を教えてくれた。

辻無外流から破門された四十前と思しき人物は、いささか小太りの体格だった。だが、空也はそれなりに鍛え上げられた五体だと察した。その道場は破れ寺の庭先だった。木刀や棒を手に町人門弟衆五、六人を相手にしていた道場主撞木玄太左衛門が、

「寺に用事かな、和尚《おしょう》はゆうべ弔いがあったとか、振舞酒《ふるまいざけ》を強か飲《したた》んで寝ておるぞ」

と告げた。

「いえ、道場にて稽古をさせてもらおうかとお邪魔しました。木賃宿の亀吉どのの口利きです」

「ほう、亀吉さんのな。ならば、わしの来歴は承知じゃな」

「聞かされました」

「それでよければ稽古は勝手気ままになされよ」

と鷹揚《おうよう》に許してくれた。

そのとき、空也は大刀の修理亮盛光と脇差とわずかな荷は亀吉の宿に預けて、手には木刀だけを携えた形だった。それでも撞木が訪問者の形と挙動を見て、

「そなた、武者修行かな、なかなかの腕前と見た」

と空也愛用の木刀に眼を止めた。

「薩摩以来、親しんできた木刀にござる」

「ほう、薩摩剣法を承知か。その言葉つき、鹿児島《かごしま》に縁があるとも思えんが」

「身内は江戸に住まいしております。この四年余り西国を歩きまして、薩摩剣法の稽古を知り申した。ゆえに日ごろから鍛練しております」

と空也は大雑把《おおざっぱ》に説明した。

「薩摩剣法の素振り、拝見させてくれまいか」

と撞木が空也に願った。

空也は庭の端に立ち、しばし瞑想して気を整えると、いつものように「朝に三千」の素振りを始めた。

ふと気付くと撞木の弟子の町人たちが呆れたように空也の素振りを見ていた。

「どうだな、これがほんものの武芸者の素振りじゃぞ」

「撞木先生も太刀打ちできんか」

「できんできん」

と笑った撞木が、

「そなたの武者修行は半端ではないな。姫路以前はどこで修行をされておった」

「安芸広島藩の間宮一刀流道場に逗留し、稽古をさせてもろうておりましたが、拠無い事情で数日前に辞去してきました」

「拠無い事情な、差し支《つか》えなければ曰くを聞かせてくれぬな」

「道場の門弟であったさるお方から真剣勝負の申し出があり、諸々考えた末に間宮久孟先生に文を残して山陽道をひたすら姫路方面に歩いて参りました」

空也の話には関心がないのか、門弟衆は勝手気ままに稽古を再開していた。

「そなたがさるお方の真剣勝負の申し出を恐れたとも思えぬ。その者の名はなんというかな。わしが当ててみようか」

と道場主が言い出した。

「撞木先生は関心がございますか」

「その者にはない。そなたの態度に関心が生じたのだ。そなたに真剣勝負を申し込んだ相手は佐伯彦次郎とは違うか」

「撞木先生は佐伯彦次郎どのを承知ですか」

「かの者は内所豊かな道場にしか関心あるまい。この破れ寺の庭先を借りるような道場には間違っても来んわ」

と笑った。

「いかにもさよう。それがしも佐伯彦次郎どのと面識はございません。ですが、道場に世話になり、間宮先生を始め道場跡継ぎの佐伯一哉どのらと知り合いになりましたゆえ、無用な勝負は避けましてございます」

「賢いな。姓名は教えてもらえるかな」

「おお、迂闊にございました。坂崎空也と申します」

「江戸の出と申されたな、流儀は直心影流ではあるまいな」

撞木の言葉に頷くと、

「これは、これは。とんでもない御仁が破れ寺道場に舞い込んでこられたわ」

と空也の出自を察したように言い、

「稽古をお願いしようかな」

と撞木が竹刀を木刀に持ち替えた。

「おお」

その様子を見た町人ばかりの門弟たちが驚きの声を放って見物に廻った。

「撞木先生、辻無外流にて稽古をつけていただけますか」

「わしの技量では物足りまい」

と言った撞木と空也の稽古は、緊迫のなかにも集中したものであった。

撞木玄太左衛門は、辻月丹が創始した辻無外流の基本の形と攻めを余すところなく空也に仕掛けてみせた。それは打ち合いを制しようという魂胆《こんたん》ではなく、辻無外流の知るかぎりの業前と動きを、とくに攻めに入る気配を空也に教えてくれようとしていた。

撞木の伝授は半刻以上に及んだ。

木刀をすっと引いた撞木に空也は地面に正坐して、

「撞木先生、ご指導真に有難うございました。久しぶりに気持ちよい汗を搔かせてもらいました」

と頭を深々と下げた。

「坂崎空也どの、頭を上げてお立ちくだされ」

と撞木に願われた空也が正坐から立ち上がった。

それを見た門弟たちが、

「おお、見たか。うちの先生は強いな」

「わしらは、先生の腕前を疑っておったが、えらい間違いやったか」

と言い合った。

「おいおい、これは打ち合いではないでな、この若い衆は、わしが及びもつかん技量の持ち主じゃぞ。年長のわしを敬ってのことよ」

と撞木が慌てて説明した。

「先生、こん若い衆、それほど強いか」

「そなたら、剣術好きの町人ゆえ道場の名くらい聞いたことはあろう。江戸城近くにな、直心影流尚武館坂崎道場があることをな」

六人のうち五人が知らんというように首を横に振った。だが、ひとりだけ、

「わしは承知や、撞木先生よ。たしか豊後関前藩の家来だったお方がただ今の道場主ではないか、公方様にも認められた官営の道場というぞ」

「おお、さすがに飛脚の雄五《ゆうご》さんじゃ、物知りだな。その尚武館の道場主の名前が坂崎磐音様と申されてな、ただ今の剣術家のなかでは三指と言いたいが、このお方に敵《かな》う剣術家はまずおるまい」

「先生もダメか」

「わしは在所の剣術家よ。名をいっしょに上げんでくれぬか」

と撞木が手を横に振り、

「その先生と若い衆は関わりがあるか」

と別の門弟が撞木に問うた。

「この若武者の父上が坂崎磐音様である。つまりここに尚武館道場の跡継ぎがおられるのだ。話が分かったか」

しばし門弟六人はなにも答えなかった。

「おかしいぞ」

とひとりが言い出した。

「将軍様も承知の剣術家の倅さんが、この貧乏寺の撞木道場になにしにきた。教わることはなにもあるまいが」

町人の門弟衆は忌憚なく胸中の思いを口にし、顔を見合わせた。

「ご一統様に申し上げます。それがし、偶さかこちらの道場にお邪魔して、撞木先生の寛容なるご指導を受け、感動しております。それがし、先生が申されたとおり、父は坂崎磐音、尚武館坂崎道場の主でございます。されど倅のそれがしは、未だ武者修行者に過ぎませぬ。さようなそれがしにご指導くだされた撞木先生は得がたき師、ご門弟衆、そなた方は幸せ者にございますぞ」

「待ってくれない。あんたさんの親父様の道場に門弟は何人おるな」

「さあて、正確には存じませぬが、毎日何百人もの門弟衆が稽古をしております」

「さすがに江戸は凄いな、一度に何百人もの門弟衆が稽古するほど広い道場か。それに比べて撞木先生の道場は屋根なし床なし、破れ寺の庭やぞ」

と飛脚の雄五が自嘲《じちよう》を込めて言い、

「飛脚屋、この若い衆が坂崎なんとかさんの倅という証《あか》しがあるか」

と別の門弟が言い出した。

「そなたら、道場主のわしの言葉が信頼ならんか」

「ならんな」

ともうひとりが言い出し、

「ええわ、この坂崎空也さんが坂崎磐音様の嫡子ということを信ずるまでわが道場で稽古をしてもらおうではないか」

と持て余したように撞木玄太左衛門が言い、

「若い衆、公方様の書付なんぞ持っておらんか。将軍さんの手形を持っておれば信じようぞ」

と別の門弟が言った。

「研《と》ぎ屋の耕作《こうさく》さん、家斉様の手跡《しゅせき》が分かるか」

「しゅせきってなんじゃ」

破れ寺の撞木道場はいつもこんな風か、なんとも長閑《のどか》な問答だった。

「ご一統様、それがし、手形は所持しておりますが上様の手形ではございませぬ。その代わり、それがし、明日は、刀を持参でこちらにお邪魔し、直心影流の極意『法定四本之形《ほうじょうしほんのかた》』を披露しますがそれでどうでしょう」

「ふーん、直心影流の極意を見ても証しにはならんな」

門弟衆があっさりと空也の申し出を拒んだ。

「よいか、わしの言葉は信用せんでよろし。だがな、坂崎空也どのが発せられた言葉は黙って信頼することだ。それが武家の黙契《もっけい》なのだ」

「もっけいってなんだ」

と弟子が師匠に糺した。

空也はなんとなくこの破れ寺の撞木道場が気に入った。

破れ寺の和尚がようやく起きてきて手入れが何年もなされていない本堂で読経《どきょう》

を始めた。

「おお、貧乏寺の酒好き和尚が経を読み始めたぞ。わしらの稽古はお終いだ」

と門弟たちが庭先道場からさっさと消えていった。

「空也どの、和尚に口利きしよう。和尚はたしかに貧乏なうえ、酒好きじゃが、わしをこの寺に招いてくれたほど、気のよい和尚さんでな、わしはこの破れ寺の道場が大好きなのだ」

と言い残すと、撞木も庭先道場から姿を消した。

空也は庭先道場にタテギを造るとしたら素材はあるかと庭を見廻したが、破れ寺には板切れ一枚見当たらなかった。

「新しく入門した弟子か、侍は珍しいのう」

と和尚が空也に声をかけた。

「それがし、坂崎と申します。撞木先生のもとで稽古をしとうございます」

「破れ寺の貧乏道場に眼をつけるとは、そなたもわれらと同類か」

と聞いたところに撞木玄太左衛門が茶瓶《ちゃびん》と縁《ふち》の欠けた茶碗を三つ持って帰ってきた。

「和尚、武者修行中の坂崎空也さんやぞ」

「なにっ、空也じゃと。空也上人と同じ名の剣術ばかがおるか」

と和尚が言い、撞木の淹《い》れた茶を喫して、

「これが酒ならばのう」

と溜息《ためいき》を吐いた。

三

翌朝、空也が破れ寺道場に行ってみると、なんと見事なタテギが出来ていた。

昨日、撞木と和尚にタテギの絵を描いて、

「かような稽古台はできぬか。材料の費えは少しなら払える」

と願っていた。

「どうだ、これでいいか」

と撞木道場主が空也に訊いた。

古材だがしっかりとしたタテギで横木の束もすでに載っていた。

「見事です。広島でもタテギを造ってもらいましたが、一日しか稽古が出来ませんでした。こちらでしばらくタテギを相手に稽古をさせてもらいます」

と空也がいうところに今朝は門弟衆が八人ほど姿を見せた。

「おお、おれが拵えた稽古台だ、どうだ、師匠」

「そなた、日ごろ叩き大工と自嘲しておったが、なかなかの仕上げかな」

と撞木が褒《ほ》めた。どうやら空也が初めて会う門弟のひとりが大工らしい。

「師匠、これをどう使うのだ」

「使うのはこの武者修行者の坂崎どのだ」

大工の門弟に言った撞木が空也を見た。

「有難うござる。費えはいくらであろうか」

と空也が大工に聞くと、

「費えなどかかっておらん。新築する大店《おおだな》の古材よ。それよりどう使うか見せてくれんね」

と願った。

「ならば早速」

空也が腰の大小を外して寺の廻廊に置き、木刀を手に裸足になった。

「それがし、毎日、朝に三千、夕べに八千、このタテギを叩く素振りを為します」

「なに、毎日一万一千回の素振りだと、毎月の間違いではないか、兄さん」

昨日、将軍の手形を持っていれば、空也の出自を信ずると言った弟子が言い放った。

「間違いござらぬ」

空也はいつものようにタテギの前に腰を下ろし、並みの木刀より長く、径も太い道具を地面に向けて伸ばした。雑念を払うためにその構えでしばし黙想した。

破れ寺道場を静寂と期待が支配した。

立ち上がった空也は両眼を見開き、右蜻蛉に構えると右足を前に出した。こうなれば空也の世界だ。ひたすら五体に刻み込まれた動きで横木の束を一本いっぽん丁寧に叩いていく。叩き折るための打突ではない。四、五分ほどの力で続け打ちするのだ。それでもゆさゆさと横木が揺れた。

道場主撞木玄太左衛門も門弟衆も無言で空也の稽古を見ていた。何百回叩いても構えも動きも乱れぬ、美しい続け打ちだ。

和尚が寺の奥から出てきたがこちらも無言で空也の稽古に眼をやった。

撞木が無言で弟子たちに稽古をせよと命じた。

いつもより無口で稽古に励む門弟たちの傍らで空也は独自の境地に浸っていた。

どれほどの刻《とき》が過ぎたか。

弟子たちの何人かは仕事のために撞木道場を離れ、新しい弟子が三人加わり、空也の続け打ちを驚きの眼差しで見た。

空也の続け打ちが止まり、するすると後退した。掛かりの構えにとるとタテギに走った。破れ寺道場のだれもが空也の動きに注目した。

なにかが起こると察したからだ。

タテギの前で構えを造った空也の木刀が右蜻蛉から振り下ろされた。

一撃粉砕。

横木の束が真っ二つに折れていた。

おおっ

という驚きの声が破れ寺道場に響きわたり、空也が残心《ざんしん》を見せたあと、タテギに一礼した。

ふたたび場に静寂があった。

「かようなことを毎朝毎夕繰り返します」

空也はこの場の一統に告げた。

「信じるぞ。あんたが江戸の尚武館道場の跡継ぎというのをな」

と門弟のひとりが洩らし、タテギを造った大工の門弟は、しげしげと二つに折れた横木の束を見て、

「あんたさん、繰り返し叩いていた折りは、力を込めておらんな。最後の一撃は全力か」

と問うた。

「いえ、最後の掛かりも七、八分の力加減です」

「魂消た」

撞木玄太左衛門が、

「坂崎空也どの、そなたの武者修行を垣間見《かいまみ》せてもらいました。そこで頼みがござる」

「なんでございましょう、師匠」

「それがし、そなたの剣術の原点、父上が指導しておられる直心影流の法定四本之形を拝見できぬか」

と丁寧に願った。

「畏《かしこ》まりました、師匠」

と応じた空也は木刀から寺の廻廊に置いていた修理亮盛光に替えた。

タテギの続け打ちの動きが動ならば、直心影流のそれは静なる構えで、空也は足の方を地にかたどるところから始めた。

破れ寺の門弟たちは、天地自然の形を表して修行する人の、空也の行いを理解できなかった。

辻無外流の秘事を極めようとして破門された撞木玄太左衛門にとって、昨日出会ったばかりの己に直心影流の秘事をあっさりと披露し、さらには八相《はっそう》、一刀両断《いっとうりょうだん》、右転左転《うてんさてん》、長短一味《ちょうたんいちみ》の形を真剣で見せてくれた空也の奔放《ほんぽう》自在の姿勢に感動した。

剣術の高みに達していない者には、空也の法定伝開になんの意も見出せないであろうことを撞木は承知していた。それにしても直心影流の奥義を他流の、それも昨日会ったばかりの剣術家に見せるなど、坂崎空也の寛容に、いや、父の坂崎磐音の指導に深く感じ入った。

「空也どの、このこと、生涯の教えと胸に刻みました。礼を申しますぞ」

と倍ほど年上の撞木が若い武者修行者に頭を下げた。

「撞木先生、なんやらよう分からんが、坂崎空也さんの武者修行が見えるな。坊主が何万人おっても、この極みに達するのは一人《いちにん》とおらんと違うか」

と和尚が言った。

「和尚、いかにもさよう。稀有《けう》な朝にございますぞ」

と撞木が言い切った。

大工の弟子が空也に、

「兄さん、明日はよ、横木の束を太くしようか」

と尋ねてきた。

「タテギ相手の続け打ちは力を制御して己の素振りの形を極める動きです。今朝と同じで十分です」

「ならば横木を明日の朝までに拵えておくぞ」

「有難うござる」

と礼を述べた空也に、

「あんたさんの木刀を持たせてくれんね」

「どうぞお持ちくだされ」

空也が許しを与えると弟子たちが代わる代わる太くて長い木刀を構えて、

「この木刀を軽々と振り回すには何万回素振りすればよかろうか」

とか、

「わしゃ、生涯やってもできんぞ」

などと言い合った。

空也は木賃宿に泊まり破れ寺の撞木道場で稽古をする楽しみを味わいながら、

(すでに霧子姉のもとへと文が届いていよう)

と思っていた。

そんな平穏な日々が続いた。

とある朝、稽古を終えて和尚と撞木と空也が寺の縁側で茶を喫していると、和尚としか呼ばれぬ道源《どうげん》師が、

「あんたさんの名は空也上人と同じやったな」

と言い出した。

「はい、それがし、紀伊国高野山の麓、内八葉外八葉とも呼ばれる姥捨の郷にて生まれました。父と母と何人かの門弟衆による、老中田沼意次様との対立を避けての旅であったそうな。そんな暮らしの最中にそれがしが生まれたのです。ために父は空海《くうかい》様の一字を頂戴して空也と名付けたのです」

「なんと空也上人ではのうて、弘法大師《こうぼうだいし》空海様から一字頂戴したか。いずれにしてもそなたが武者修行に出た曰くが拙僧《せっそう》にもよう分かる」

と道源和尚が言い切った。

「それがし、修行は生涯と気付きまして、一旦かような旅を終えようかとつい最近意を決しました。それがしの武者修行の最後の地は姥捨の郷にございます」

と空也は撞木と和尚に告げた。

「おお、その決意も得難しじゃ。姥捨の郷か、見てみたいものじゃ」

「撞木先生、それがし、三つの年に、江戸へと戻りましたゆえ姥捨の郷を覚えておりません。こたび戻るのが楽しみにございます」

「聞けば聞くほどよき武者修行を成し遂げられたものよ」

と撞木が言い切った。

「いかにもさよう、剣術修行と一概に言うが、仏陀《ぶつだ》の教えを探求する修行といっしょじゃのう」

「御坊、全くにござる」

と先達ふたりが言い合うのを聞いた空也は、武者修行を始めて直ぐに出会った遊行僧のことを告げた。

「なんと、そなた、さような修験者の無言の言葉を胸に武者修行を薩摩にて始めたか」

「はい。いまもそれがし、修行に迷った折りは、名も知らぬ僧侶の言葉、『捨ててこそ』を思い出して朝《あした》に向かって歩き続けて参りました」

「その言葉こそ、空也上人の教えですぞ。坂崎空也どの、そなたの旅は空海上人と空也上人のおふたりが導いてこられたのですぞ。これ以上の修行の旅がござろうか。わしは修行など無縁の破戒《はかい》坊主じゃが、そなたがなんとも羨《うらや》ましゅうござる」

と道源師がしみじみと言った。

「御坊にも徳がござる。それがしにこの道場を許してくれたゆえ、空也どのがこうしてわが道場を訪ねてくれた。こうして三人して茶を喫しておる、これ以上の徳がござろうか」

「いかにもいかにも」

と道源老師が応じた。

「空也どの、そなた、この土地を離れていきなり紀伊国高野山の麓の姥捨の郷とやらを訪ねられるか」

と撞木が言い出した。

「どこぞそれがしが訪ねるべき地がございましょうか、撞木先生」

「それがし、京にて二年余、逗留したことがござる。その折り、京の北山《きたやま》に空也《くうやの》瀧《たき》なる秘境があると聞いたが訪ねる機会を失してな。折りにふれてそのことを思い出すことがある」

と言い出した。

「撞木先生、それはな、愛宕山《あたごやま》の麓にある滝でな、空也上人が修行したという言い伝えのある滝ではないか。京から遠くはない、空也さんの足ならば一日で辿り着こう。愛宕山にな、良き人だけが訪れることのできるという極楽寺、月輪寺《つきのわでら》とも呼ばれる月輪寺《がつりんじ》がある。たしか空也瀧は月輪寺の近くじゃぞ」

と道源老師が言い添えた。

「それがし、お二方の代わりに紀伊国へ参る道すがら空也瀧にて修行し、身を清めて姥捨の郷を訪れます」

と空也は約定した。

空也は木賃宿に泊まりながら破れ寺の道場でタテギの続け打ちの稽古をしたり、撞木玄太左衛門と木刀で形稽古をしたりしながら、穏やかな日々を過ごしていた。

江戸・神保小路の尚武館坂崎道場気付で重富霧子宛てに空也からの書状が届い

た。

飛脚屋が大声を上げたので中川英次郎が式台に姿を見せた。

「おお、飛脚屋どのか、坂崎磐音先生に宛てられた文かな」

「いや、それが女名前だぞ。なんとか霧子様とか」

「おお、重富霧子ではないか。うむ、となると空也どのからの書状じゃな」

との英次郎の声に飛脚屋が裏を返し、

「安芸広島の飛脚屋からの文だな、たしかに坂崎空也とあるわ。武者修行の倅さんからの文だな、渡しますぜ」

英次郎が受け取り、折りから亭主の重富利次郎と稽古をしていた霧子を呼んだ。

「なんだな、英次郎どの」

「空也さんから霧子さんに宛てた文ですぞ」

「おお、いよいよ空也さんは意を決したか。霧子、となると、そなた、力之助《りきのすけ》と渋谷眉月様を伴い、郷に旅立たねばなるまいな」

「亭主どの、文を読んでみなければさようなことは申せますまい」

「そなたに宛てて旅先から文がこれまで届いたことがあったか」

「いえ、初めてにございます」

「みよ、空也どのが武者修行の最後の地を訪ねるゆえ、そなたに文を認《したた》めたに決まっておるわ。この場で読むか」

「亭主どの、磐音先生は母屋の仏壇に文を上げて、空也さんと関わりのあるご一統様が顔を揃えられたところで書状を開封されませぬか」

霧子の言葉に英次郎が頷き、

「先生に相談してお身内の方々をお呼びする手配をなします」

「ならば私はおこん様にお願い申し、坂崎家の御仏壇に文を置かせてもらいます」

と話がなった。

この夕刻、坂崎家の母屋にいつもの面々が集まった。

とはいえ書状の差出人は武者修行者の空也本人であり、宛名は霧子だ。その文の内容が察せられたゆえ、これまでのような切迫感はなかった。それでも速水左近《はやみさこん》を筆頭に身内の中川英次郎に睦月夫婦、川原田辰之助《かわはらだたつのすけ》ら尚武館の高弟たち、客分の向田源兵衛《むこうだげんべえ》、三助年寄りの小田平助や松浦弥助《まつうらやすけ》、渋谷重恒《しげつね》と眉月親子、町人では両替屋行司《ぎょうじ》今津屋の老分《ろうぶん》番頭の由蔵《よしぞう》らといつもより少なめの面々が集まった。

「霧子、そなたが仏壇から文を下げておいでなされ。本日、それがしは、そなた宛ての文を聞く立場じゃからな」

「坂崎先生、私に宛てられた文ですが文のなかには必ずや坂崎磐音様とおこん様宛ての、あるいは眉月様に宛てられた文が同梱されておりましょう」

「とは申せ、表書きは重富霧子宛てである、そなたが開封をなされよ」

と磐音に命じられた霧子が仏壇に合掌して空也から来た書状をとり、緊張の顔で一同の前に坐した。そして開封し、

「やはり先生ご夫婦と眉月様に宛てた書状が入っておりました」

と言って一同に同梱の封書を見せた。

「なんとわが両親と眉月様の三人宛ての文を霧子さんの書状に同梱ですか、呆れたわ。せめて眉月様は別の文に出来なかったのかしら」

妹の睦月がいつものように辛口の言葉を発した。

「睦月様、私、名前が添えられているだけで嬉しゅうございます」

と眉月が言い、

「それに別々の封書ですと飛脚代が高くなりましょう」

母親のおこんは言い添えた。

「いつものようにおふたりの、兄者《あにじや》への優しい心遣いね」

と妹が抗ったが、なにしろ生きるの死ぬのという書状でないことだけは全員が承知していたから、いつもとは違い和やかだった。

「なに、安芸の広島藩からですかな。里心がついたのは間違いあるまい。されど広島からいきなり江戸へ戻ることはあるまいな」

速水左近が言ったが穏やかな口調だった。

「霧子さん、まずそなたに宛てられた文を読みなされ。そのうえで差し支えなくば私どもにも教えてくだされ」

とおこんが願った。

頷いた霧子が封を披き、

「あら、いきなり、霧子姉上とございます」

と戸惑いを見せながらも喜色満面の笑みで言った。

「霧子、先を読んでくれぬか」

と亭主に催促された霧子が、

「霧子姉上
ただ今、安芸広島城下から播磨国姫路藩へと出立する折りに候。

それがし、武者修行を一旦納めて紀伊国内八葉外八葉の姥捨の郷に参る決意に候。

霧子姉上の都合宜しければ、それがし、姥捨の郷にて待ち受ける所存。

霧子姉上、姥捨の地にて再会楽しみにしており候。ただし、武者修行の折々に恨みつらみを買いしことあり、それがしの紀伊入りが遅くなることもありかと存じ候。その折りは、姥捨の郷にてお待ち下されたく願い候。必ずやわが二本の脚にて姥捨の郷に入ることを誓約致し候。

弟空也拝」

と読み上げた。

「四年の歳月、皆々様に心配をかけたお礼の言葉がたったこれだけなの」

と睦月が嘆息した。

しばし沈黙のあと、磐音が無言で三名の宛名書きの文を抜き、ざっと黙読して、

「ううーん」

と唸った。

「どうされました、お前様。気がかりなことが認めてございますか」

とおこんが案じた。

「それが霧子への書状とほぼ同文でな、改めて読み上げることもあるまい。言え

ることは、姫路から海路か陸路かで紀伊に向かうということだけだな」

と磐音が言った。

「お元気なれば私、ようございます」

と眉月が呟き、睦月が、

「眉月様、こんな兄の立ち寄り先の姥捨に霧子さんといっしょに参られる気ですか」

「はい。私、力之助さんの手を引いて姥捨に参ります」

と眉月が言い切った。

四

四国伊予国の親藩《しんぱん》、松山藩松平家の城下に愛鷹千代丸を伴った佐伯彦次郎と老爺伴作の主従が逗留していた。

松山藩は伊予国の中央部に位置し、北は瀬戸内の灘《なだ》に接し、南の内陸部には石鎚山《いしづちさん》を始めとした急峻《きゅうしゅん》な山岳部が控えていた。

彦次郎は、重信川《しげのぶがわ》河口の漁村に逗留し、毎日千代丸を空に放っていた。この重信川はかつて暴れ川として知られ、伊予川と呼ばれていた。

関ヶ原の戦いののち、松山に最初に入封した外様大名加藤《かとう》家の重臣足立重信《あだちしげのぶ》が伊予川の堤防などの改修をしたために、昔ほど暴れ川の様相を呈することはなかった。足立重信の功績により伊予川は重信川と改名されたが、南部の三千尺以上ある山岳部から落ちてくる流れに大雨が加わると、

「暴れ川」

が姿を見せた。

彦次郎は、暴れ川の異名をもつこの重信川の傍らにある鄙《ひな》びた古寺が気に入った。

一方、伴作老爺は、重信川から徒歩で一刻ほど離れた松山城下の道後《どうご》の湯に滞在し、城下で十両勝負ができる剣道場を丹念に探っていた。

佐伯主従が狙いをつけた親藩松山藩は九代目の松平定国《まつだいらさだくに》の治世下にあり、天明《てんめい》から文化《ぶんか》（一七八一〜一八一八）にかけての松山では俳諧《はいかい》が盛んで、のちに黄金期として評価を受けることになった。それは豪商にして大年寄役でもあった栗田《くりた》樗堂《ちょどう》の主導が大いに貢献していた。ために樗堂の名声を慕って小林一茶《こばやしいっさ》らが松山に集まってきた。

一方で外から入ってくる不逞《ふてい》の武芸者には厳しかった。

そこで伴作老は松山城下の道後温泉の旅籠に数日前より逗留し、城下の剣道場の内所を慎重に調べていたのだ。

道後の湯は白鷺の湯とも呼ばれた。

古《いにしえ》、脛《すね》を痛めていた一羽の白鷺がこの地に湧出《ゆうしゅつ》する湯にしばしば脛を浸《ひた》しているうちに平癒《へいゆ》したため、この地は鷺谷と呼ばれ、別名白鷺の湯とも言い伝えられてきた。

江戸期、松平定行《さだゆき》が初代藩主に封ぜられた折り、定行は道後の湯を見て、施設の拡充に着手し、浴槽を士族、僧侶、婦人、庶民男子と分けて造り、さらに十五銭湯《せんとう》、十銭湯、養生湯の他に家畜のための牛馬湯まで設けた。それほど滾々《こんこん》と湧《わ》き出る湯量は多かった。

松山は二千年以上も前から湯の町であった。

伴作は城下の住人が親しむ湯屋に出入りし、話し好きと問答するのを楽しみにする湯治客《とうじ》を装った。

「おまえさん、どこから来なさった」

最初に伴作に声を掛けてきたのは城下の呉服屋の隠居だった。

「へえ、わっしは安芸広島城下から参りました。倅が代々の武具屋を継いでくれたでな、かように海を渡って名湯道後の湯に初めて訪れました」

「広島藩はうちの石高の倍以上じゃったな」

「へえ、四十二万六千石じゃによって、こちらの倍の石高ですがな、こちら松平様は親藩でしたな。その分差し引きまして、うちとこちらはトントンの大名さんですわ」

　伴作が鷹揚に言った。

「道後の湯と年寄りは肌が合いますぞ。のんびり湯治なされ」

「いえね、隠居やいうても小商いの隠居ですがな。松山でうちの武具を売り込める剣道場にわたりをつけてこい、それなら湯治の費えを出すと倅に言われましてな、のんびりもしておられませんのじゃ」

「なに、商いがらみかいな。剣道場はいくつもありますがな」

「武具を新しくするほど内所のよろしい剣道場を知りまへんか」

「弓術《きゆうじゆつ》は印西派《いんさいは》、槍術《そうじゆつ》はたしか樫原改撰流《かしわらかいせん》やったな」

「ほうほう、武術にお詳しゅうございますな。隠居さん、剣術となるとどこの道場でしょうな」

「新当流《しんとう》、真影流《しんかげ》、柳生流《やぎゅう》が藩の武術ですでな、そのつながりで町道場は新当流と真影流があるな」

「どちらが武具を新しく買い求めてくれそうやろか」

「わしは呉服屋の隠居ですぞ。防具は扱わんでな、とくとは知らん。けど巷の噂では内所がいいのは、新当流の日下《くさか》伝兵衛《でんべえ》先生の道場やな。なにしろ嫁女どのが道後の湯の一番館の娘さんやからな」

　と言った。

「日下先生はお強いので」

「おう、近ごろ道場破りが流行《はや》っておるそうだが、うちに来たら痛い目に遭《あ》わせてみせると豪語されておるそうです」

「ほうほう、ひょっとしたらうちの武具を買い求めてくれましょうかな」

「それはなんともいえんな。武家地の二番町《にばんちょう》の近くに新当流日下道場はあるでよ。うん、大名屋敷と見紛《みまご》うほど立派じゃから直ぐに分かるわ」

「わしがいきなり訪ねて道場に入れてくれるかのう」

「さあな、そればっかりは呉服屋の隠居には分からん」

　と言った。

伴作は二日をかけて日下道場を調べ上げた。

たしかに長屋門から道場まで立派な普請《ふしん》だった。また日下伝兵衛は、いっぱしの剣術自慢で十両勝負に乗りそうな気性だった。

伴作がこのことを重信川河口の漁村の寺の離れに仮住まいしていた佐伯彦次郎に伝えると、

「鄙びた漁村の寺も飽きたな。ならば、新当流の日下道場に参るか」

「明日にも行かれるな。厳島で頂戴した金子は船の借り代やらなにやらで尽きたでな、若」

伴作の言葉に彦次郎が頷いた。

翌日、伴作に代わって彦次郎が松山城下に出て、新当流日下道場を訪ねた。門弟衆がいちばん多く稽古をしていると思われる四つ（午前十時）の刻限だった。

佐伯彦次郎の形《なり》は絹物の派手な友禅《ゆうぜん》の着流しに派手な袖なし羽織を着て、腰には徳川一門に仇《あだ》をなすと評判の妖刀村正《むらまさ》と、拵えがいっしょの小さ刀が手挟《たばさ》まれていた。

「ご免」

彦次郎が式台の前から道場へと声をかけた。

「どうれ」

と応じて姿を見せたのは、師範か高弟のひとりか、壮年の武芸者だった。むろん稽古着ゆえなんとも言えないが松山藩松平家の家臣、それも上士給人《じょうしきゅうにん》と思えた。

相手は式台のうえからじろりと佐伯彦次郎を凝視した。だが、なにも問おうとはしなかった。

彦次郎も無言で対応した。

長い沈黙のあと、日下道場の高弟が、

「お手前、広島藩浅野家に所縁《ゆかり》がある佐伯彦次郎どのではござらぬか」

と質した。

「いかにも浅野家に所縁がござった」

「所縁がござったとはどういう意か」

「それがし、実家の佐伯家とも門弟であった間宮一刀流の間宮道場とも縁を切りました」

「そなたのほうから縁を切ったと申すか」

「いかにも」

と応じた彦次郎が平然とした口調で、

「むろんあちらからも勘当や破門の触れがあってもおかしくはござらぬ」

と笑みの顔で彦次郎が言い放った。

「そなた、実家から勘当され、教えを受けた道場から破門される憂《う》き目に心当たりがあるというか」

「さようなことは新当流日下道場に訪ねて参った曰くとはいささかも関わりござらぬ」

「いや、ござる」

「そなたの名はなんだな」

「日下道場師範石黒勇次与平《いしぐろゆうじよへい》」

「石黒どの、それがしの用件を糺さぬか」

「十両を賭けての勝負、道場破りの申し込みであろう。違うか、佐伯彦次郎」

もはや石黒は敬称を付けなかった。

「となれば石黒どの、師匠にこの旨伝えるのがそなたの務め」

「いや、そうではない」

「道場主の考えにて、この勝負受けぬというか」

「いや、そうではないぞ。わが師匠日下伝兵衛はそなたが道場に立った折りには尋常勝負の心算《つもり》であった。だが、藩主松平定国様の命《めい》により所領地での金子を賭けての勝負はすべて禁じられた。ちなみに言うが日下伝兵衛は、松平家の家臣ではないが藩剣術師範のひとりゆえ、藩主の命には従わねばならぬ」

しばし間を置いた彦次郎が、

「藩主の命は仕方なし。なれど日下伝兵衛どのが武術家としてそれがしとの勝負を望みしときは、黄檗宗千秋寺《おうばくせんしゆうじ》の本殿前にて今宵九つ待つ。この旨、師匠にお伝えあれ」

と言い残すと、佐伯彦次郎は式台に背を向けた。

(山陽筋も四国筋も十両勝負は厳しくなったか)

と道後の湯に向かいながら、

(とは申せ、坂崎空也を姥捨の郷なる地で無為に待つのもどうしたものか)

と迷った彦次郎は、

(いや、日下伝兵衛、必ずや千秋寺に参ろう)

と剣術家がどのような矜持《きようじ》の持ち主か思案した末にそう確信した。

深夜九つ、千秋寺の本堂の階《きざはし》に佐伯彦次郎は四半刻前から潜んでいた。

月明かりが寺の境内《けいだい》を薄く照らしていた。

彦次郎の眼はすでに薄明かりに慣れていた。

山門に独りの人影が立った。がっちりとした体付きと自信に満ちた挙動は、新当流の道場主日下伝兵衛と察せられた。

階の彦次郎を見て日下がゆっくりと間を詰め、彦次郎も立ち上がった。

無言のまま、両人は本堂前の庭で対峙した。

「広島城下の間宮一刀流間宮道場の門弟であった佐伯彦次郎じゃな」

と日下が彦次郎に確かめた。

「いかにもさよう」

「それがし、日下伝兵衛克頼《かつより》である」

「よう参られた。それでこそ新当流の武芸者なり」

「佐伯彦次郎、武芸者にあるまじき振る舞い、今晩かぎりと思え」

「承《うけたまわ》った。むろん日下伝兵衛どのは、それがしの立ち合いの習わしを承知であろうな」

彦次郎が懐から袱紗《ふくさ》包みの十両を出して見せた。

「死ぬ身の者が金子など不要と思うがのう」

「どちらが身罷るか、それぱかりは戦ってみぬと分からぬ。それがしの望みが叶えられぬときはこの真剣勝負はなし」

彦次郎が言い放つと、日下伝兵衛も懐から十両包みを出して傍らの灯籠《とうろう》に歩みより、その上に載せた。

「佐伯彦次郎、そなたの三途《さんず》の川の渡し賃である。われら両人の二十両、重信川の改修工事の費えにいたす」

との口上を聞きながら、彦次郎は薄笑いを浮かべて袱紗包みを日下のそれの傍らに置いた。

そのとき、彦次郎はふたりとは別の、人の気配を山門外に感じ取った。

予測されたことだ。

舌打ちしたのは日下伝兵衛だった。

「門弟らが立ち会いにござるか」

「それがしの命に非ず」

「日下伝兵衛どの、それがし、一向に構わぬ。かようなことは数多の勝負の折りに経験してきたことよ」

「わしが門弟に立ち会いを命じたというか」

「さてそれはどうかのう」

と言った彦次郎が村正の鯉口を切った。

「もはや一対一の勝負にござる」

「受けた」

と日下伝兵衛が応じて厚みのありそうな豪剣を抜き放った。

「師匠、そやつの所業、殿は許しておられませぬ」

と山門から高弟の石黒勇次与平の声が響いた。

「武芸者と武芸者の勝負、そのほうらに関わりなし」

と叫んだ日下が中段の構えをとった。

彦次郎は、

「新当流は江戸の箱崎《はこざき》に関口要助《せきぐちようすけ》と云者、卜伝《ぼくでん》流新当流を指南す」

という知識しかなかった。日下伝兵衛克頼の剣術が関口要助に直に関わりあるかなしか、彦次郎は頭を空にして、村正を正眼《せいがん》に置いた。

互いに正眼に構え合い、月明かりの下で顔を見合った。

長い睨み合いになった。

もはや石黒ら門弟衆の立ち入る暇も隙《すき》も見いだせなかった。それほど緊迫した対峙であった。

主に東国で武者修行を続けてきた彦次郎にとっても、日下伝兵衛克頼は容易《たやす》い相手ではなかった。

四半刻の睨み合いが、月に厚い雲がかかって千秋寺の本堂前が暗くなった瞬間、破られた。両者が同時に仕掛けた。

石黒ら三人の門弟には、暗黒のなか、刃と刃がぶつかり合い、火花が散るのが見えた。

思わず山門下から近づこうとする門弟の袖をとって石黒が止めた。

暗闇《くらやみ》のなか、ふたりの対戦者が飛び下がって間合いを空けた。だがそれは寸毫の間で、ふたたび生死の境へと両人が踏み込んだ。

刃がチャリンと鳴り、火花が飛んでどちらかの刃が肉を断つ気配があって、
うぅっ
という息が洩れた。

ふたつがひとつに溶け込み、長い静寂の直後、ゆるゆると影が別れてそのひと

つが地面に崩れていった。

「日下先生」

と門弟のひとりが師匠の名を呼んだ。

厚い雲が流れて十三夜の月明かりが戻ってきた。

地面にひとつ人影が横たわっていた。微動だにせぬ体は死を告げていた。

「なんと」

「日下先生」

と石黒ら門弟が師匠の敗北に驚きの声を洩らした。

「石黒師範、あやつが、佐伯彦次郎の姿が見えませんぞ」

石黒は灯籠を見た。置かれていた二十両は消えていた。

「あやつを探します」

と門弟が本堂の背後へ向かおうとした。

「竹中《たけなか》、島津《しまづ》、師匠を道場にお連れするのが先だ」

「佐伯彦次郎を見逃せと申されますか」

「いや、師匠は不意の病で身罷られたのだ。われらは師匠の弔いの仕度を為したうえに佐伯彦次郎の追捕隊《ついぶたい》を編成いたす。なんとしてもあやつを生かしておくわけにはいかん」

と石黒勇次与平が言い切り、三人の立会人は骸を道場に運ぶ算段にとりかかった。

佐伯彦次郎は、本堂の傍らから石黒らの問答を聞いていた。

三人がどこぞから探してきた戸板に日下伝兵衛克頼の骸を載せて千秋寺の山門からひっそりと消えていくのを見送った彦次郎は、重信川の河口近くにある古寺の塒《ねぐら》へと戻っていった。

七つ半（午前五時）前、彦次郎は垣生《はぶ》なる漁村の寺に戻った。

「日下伝兵衛は、勝負を拒んだか、若」

「いや、立ち合ったわ。なかなかの技量の主であった。日下伝兵衛克頼は真剣勝負の経験、おそらく初めてと見た。それがしとの差はそれだけであった」

「早々にこの寺を立ち去るが利口かのう」

伴作の言葉に頷いた彦次郎が愛鷹の千代丸を手に載せて、伴作が懐《ふところ》に残っていた一両ほどの金子を座敷に残し、辞去の仕度を終えた。

ふたりと鷹は、寺を出ると、

「浜で船を雇い、一気に岡山辺りの山陽路に戻るか。それとも八十八ヶ所の巡礼路を辿《たど》って多度津《つ》か丸亀《まるがめ》辺りまで徒歩《かち》で進み、お遍路《へんろ》の真似をしてみるか、どちらがよいな、若」

「船行とてお遍路路とて、門弟衆が追ってくるのに変わりはあるまい。千代丸を放ちつつ、遍路の真似をいたそうか」

と話を決めたふたりの主従は、四十島瀬戸《しじゅうしませと》を横目に鄙びた郷を出た。

「若、坂崎空也は、どちらに向かっておるかのう」

伴作の問いにしばし考えていた彦次郎が、

「坂崎空也も山陽路を岡山から姫路に向かっていよう。さあて、その先、空也は一気に紀伊の高野山の麓に向かうか、あるいはどちらかに立ち寄り、姥捨の地に足を向けるか」

しばし沈黙したまま歩を進めていた彦次郎が、

「このまま姥捨の郷とやらに向かうとは思えん。どこぞ、一、二か所立ち寄って修行を続けたのち、紀伊に向かうと見た」

「となると、わしらもお遍路道を丸亀から高松《たかまつ》へと向かおうか」

頷いた彦次郎が、

「どこぞの海辺で千代丸を放そうぞ」

「ならば、この近くに白石《しらいし》ノ鼻《はな》なる岬があると聞いたわ。さほど遠くはあるまい」

と主従で言い合った。

そんな折り、松山城下新当流日下道場では、不意に「病死」した道場主の弔いの仕度がなされていた。同時に、日下道場の門弟五人が密《ひそ》かに集められ、佐伯彦次郎追捕の面々の頭《かしら》分は師範の石黒勇次与平に決まり、骸に合掌して、

「師匠の仇、必ずや討ち果たし候」

と総勢六人の追捕隊の面々が誓った。

このとき、佐伯彦次郎追捕隊六人の面々の耳に、師匠日下伝兵衛克頼の無言の忠言は届かなかった。その忠言は、

「あやつに構うでない。佐伯彦次郎を討ち果たす力は、わが新当流にはない」

というものであった。

第四章　二代目殴られ屋開業

一

空也は、姫路城下の無外流撞木玄太左衛門が道場主の破れ寺道場でゆったりとした稽古の日々を過ごしていた。

タテギを相手に「朝に三千、夕べに八千」の続け打ちを為し、時には撞木と無外流と直心影流の流儀の基《もとい》を教え合い、撞木の町人門弟に素振《すぶ》りを教えた。

そんな長閑な日々が突然終わりを告げた。

姫路城下の辻無外流の藩道場の一統と名乗る五人の面々が破れ寺道場に姿を見せて、

「撞木玄太左衛門、そのほうは姫路藩辻無外流道場を破門になったことを忘れたか」

と一統の頭分と思しき人物が撞木をいきなり怒鳴りつけた。

しばし無言で相手を見ていた撞木が落ち着いた声音《こわね》で応じた。

「辻月膳《つじげつぜん》どの、それがし、道場に剣術好きの町人を招き、稽古をしましたゆえ放逐されたことはたしかにござる。なれど、破門された覚えはございませぬ。城下外れで町人相手に撞木派無外流を教えるのがなんぞ差し障りございますかな」

「辻無外流は、姫路藩酒井家の家臣相手に流儀を伝授する御家流剣術である。かような破れ寺に下賤《げせん》なる町人を集めて、相手に為すことは許さじ」

撞木が辻月膳と呼んだ武芸者が声高に主張した。

「それがし、十一歳の折りに辻無外流道場に入門しましたが、さような触れは一切聞かされておりませぬ。ところで辻月膳どの、そなたの本名はなんと申されましたかな」

と撞木が反問した。

「それがしの本名などこの際、関わりあるまい」

「ございますな。ただ今の姫路藩辻無外流道場には、そなたを含めて幾人の辻姓がおられますな。辻無外流の創始者辻月丹様となんらの血縁も武術の格別なつながりもなしに、藩重臣のひとりを後ろ盾《だて》に辻無外流を乗っ取らんとして、一統が悉《ことごと》く辻姓に改名なされましたな。そなたの本名は、未だ山田五郎平《やまだごろべい》にござる。かような真似こそ辻無外流を貶《おとし》める行いに他なりませぬぞ」

「おのれ、言わしておけば撞木玄太左衛門め」

と吐き捨てた。そして、辻月膳が不意に空也へと視線を移した。

「撞木、不逞の浪々の者が、なぜそのほうの道場におる」

「辻どの、こんどは武者修行の若武者になんぞ文句がござるかな。わが道場は屋根なし床なし、稽古の相手の身分など一切問いませんでな。どなたが稽古をなされても勝手気ままにござる。いかがかな、辻月膳どの、そなたも裸足になられて稽古に加わりませぬか」

と撞木が応じた。

そのとき、空也はタテギの前にて続け打ちを繰り返していた。突然の訪問者などには素知らぬ顔で、いつもの打突を止めることはなかった。

辻月膳に同道してきた四人のうち、たんぽ槍と木刀を携えていたふたりがタテギの前に立った。

それでも空也の稽古は続けられた。

「おんし、何者か」

たんぽ槍が稽古槍の先を空也へ向けて問うた。

空也はひたすら続け打ちに没頭していた。

「青木平蔵《あおきへいぞう》、そやつの妙な動きを止めさせよ」

と辻月膳が命じた。

たんぽ槍が引かれ、一瞬後、空也の胸へ目がけて突き出された。

その瞬間、空也の木刀の動きが変じてたんぽ槍の中ほどを叩くと、たんぽ槍はぽきりとふたつに折れ飛んだ。青木の手には木刀の長さほどの柄が残った。

「お、おのれ」

と折れたたんぽ槍の柄を構えた青木がタテギ越しに空也の脳天に叩きつけようとした。

空也は相手の動きなど見切っていた。ふたたび木刀が折れた稽古槍を弾くと、次の瞬間、立ち竦む青木の胸を木刀で突いて何間も先の地面に転ばしていた。

こんどは木刀の主が空也に躍りかかってきた。

続け打ちを止めて、すいっ、とタテギの前に立った空也の木刀が相手の木刀と絡んだと思ったら、動きの止まった木刀を空也の太くて長い木刀が捉え、あっさりとへし折っていた。

「おおっ」

と破れ寺道場の町人門弟が驚きの声を発した。

「おのれ、不逞の浪人者めが」

と辻月膳が撞木の前から空也に向かって刀の鯉口を切りながら迫った。

「辻月膳どの、いやさ、山田五郎平どの、止めておかれよ。そなた風情《ふぜい》の攻め、坂崎空也どのには通じぬわ。この若武者、寛政の御世に四年の武者修行をなし遂げられた武芸者じゃぞ」

きいっ、とした眼差しを空也から撞木に向けた。

「よう聞きなされ、辻月膳どの。江戸神保小路、官営道場と目される直心影流尚武館坂崎道場の道場主坂崎磐音様の跡継ぎでござる」

撞木が空也の正体を告げた。

しばし闖入者《ちんにゆうしや》たちが言葉を失った。

その足元には仲間の青木某《なにがし》が気を失って倒れていた。

「な、なんと言うたか。姫路に尚武館道場の後継者がいるわけもなし。子供騙《だま》しの打突などなんのことかあらん」

辻月膳が言い放った。

「空也どのの掛かりなる打撃を見てもそう言い張れるか」

と撞木が辻月膳を刺激する言葉を続け様に放った。

空也は、撞木が破れ寺道場を続けていくことを諦《あきら》めた言動と理解した。

タテギを挟んで向かい合った辻月膳を見ながら、右蜻蛉に木刀を構えた。

町人門弟が息を飲むほど空也の右蜻蛉は天を衝き、辻月膳を睥睨《へいげい》していた。

次の瞬間、木刀がタテギに気合もなく振り下ろされると横木の束がへし折られていた。

「嗚呼《ああ》ー」

と思わず辻月膳が悲鳴を洩らしていた。

破れ寺道場は森閑とした。

「これでも坂崎空也どのと勝負される心算《つもり》かな、辻月膳。われら、井の中の蛙《かわず》であったわ。それがし、撞木玄太左衛門、坂崎空也どのには及ばずとも修行をし直す所存、青木平蔵どのを連れて辻無外流道場に早々にお帰りなされ」

と撞木が言い放ち、刀の柄《つか》に手をかけていた辻が、

「おのれら、ふたりとも辻無外流を敵に回したわ、覚悟しておれ」

と捨て台詞《ぜりふ》を吐くと破れ寺道場から仲間とともに悶絶《もんぜつ》している青木を引きずり出ていった。

破れ寺は急になんともいえぬ静寂に包まれた。

「おうおう、撞木先生や、明日から寺での稽古はなしか」

と本堂の階の上に立った和尚が話しかけた。

「和尚、聞いてのとおりだ。辻無外流道場を成り行きで敵に回してしまったわ。となればこちらの寺にも難儀が及ぼう」

と言った撞木が町人門弟衆に、

「すまんな、ご一統、見聞のとおりこの道場は仕舞いじゃ。そなたらだけがこちらで稽古するのであれば姫路城下の辻無外流道場もなにも申すまい。しばらく様子を見てな、稽古を再開なされ」

「師匠は、姫路を立ち退《の》く気か」

「坂崎空也どのの真似をしてみようかと思う。そなたら承知のとおり、身内はおらん独り者じゃ、好きな剣道をとことん修行してみたいでな」

「寂しくなるな」

と破れ寺の道源和尚が別離の言葉を吐いた。

頷いた撞木が空也を見た。

「空也どの、そなたの武者修行を詰まらぬ騒ぎに巻き込んでしまったな、かくのとおり詫びる」

と撞木玄太左衛門が空也に頭を下げた。

「撞木先生、それがしとて同じこと、つい辻無外流道場の面々を怒らせてしまいました。ともあれ新たな騒ぎが生じる前に立ち退くしか手はございますまい」

「ならば途中まで同道しますか」

とふたりの剣術家は身仕度をなすと、町人門弟と道源老師に頭を下げた。

破れ寺を背にして姫路藩の東の国境に向かい黙々と歩いていた撞木が、

「空也どのは空也瀧《くうやのたき》を目指されますか」

と質した。

「それもひとつの考えですね。撞木先生はどうなされるお心算か」

「正直、なにも考えておりませぬ。しばし独りで旅をしながら考えようかと思います」

と応じた撞木に、

「撞木先生、江戸へ参られませぬか」

「ほう、遠方ですな、江戸ですか。その程度の路銀はござるが、江戸にてそれがしが為すべきことがござろうか」

「それがしが物心ついた折りから馴染んできた神保小路の直心影流尚武館道場で稽古をなさるお心算はございませんか」

「なんと、尚武館坂崎道場に入門せよと申されるか」

「入門ではございません。客分としてしばらく過ごされて次なる生き方を見つけられるのもよいかなと勝手なことを考えました。父に姫路の出来事を話せば、喜んで受け入れてくれましょう」

「おお、考えもしなんだ」

「江戸に向かわれるお心算ならば早いほうがよい。姫路藩と関わりが深い辻無外流道場が愚かなことをするまいとは思うが、できるだけ早く姫路から遠くへ参られたほうがよかろう」

しばし沈思していた撞木玄太左衛門が、大きく頷き、

「尚武館坂崎道場の修行、楽しみになりました」

と言い切った。

「近くの湊《みなと》で摂津大坂に向かう船を見つけませぬか。それがし、そこまで撞木先

生とご一緒させてください」

と願った空也と撞木のふたりの足の運びが早くなった。

撞木は姫路の湊の一角でもある妻鹿《めが》なる名の湊で摂津に向かう弁才船《べざいせん》になにがしかの船賃を払い、乗せてもらうことにした。

「撞木先生、尚武館にはいろいろな客分がおられます。必ずや撞木先生に気に入ってもらえる気がします。またわが両親や門弟衆も撞木先生のことを歓迎するのは間違いございません」

と空也が別れの言葉を口にした。

「空也どの、そなたが京の外れの空也瀧に立ち寄って姥捨の郷に向かうことを伝えますぞ」

と応じて、空也は撞木が乗った弁才船が妻鹿の湊を出ていくのを見送った。

弁才船が淡路島《あわじしま》の島陰に溶け込むように消えて、

「さあてどうするか」

と空也は思案した。

これまでの経験からして辻無外流道場が諦めるとは考えられなかった。となれば、なんとか撞木が安全な場所に遠ざかるまで日にちを稼ぐ企てはないものかと考えた。

事実姫路藩と関わりが深い辻無外流道場では、辻月膳に破れ寺道場での顚末《てんまつ》の報告を聞いて即座に動いた。道場主の辻方丹《つじほうたん》が、

「撞木玄太左衛門を捉え、道場に即刻連れて参れ」

と命じた。辻月膳としては、

「はっ、畏まりました」

と返答するしかない。

「月膳、撞木玄太左衛門の野外道場におる不逞の剣術家の名は分からぬのか」

と辻方丹に糺された月膳は、

「そやつ、いきなり青木を木刀で突き転ばして、撞木道場の町人門弟どもが大騒ぎしますゆえ、身許《みもと》不明のこやつを懲《こ》らしめることができませなんだ」

と虚言を弄《ろう》した。

「よし、月膳、改めて門弟を預ける。撞木玄太左衛門と名無しの剣術家を当道場に引き立てて参れ。よいか、ふたりをそれがしの前に連れて参るまでは道場に戻ってはならぬ」

と辻月膳は、慌ただしくも破れ寺道場に戻ることになった。

すると和尚の道源老師がぽつねんと本堂の階に坐して酒を飲んでいるだけで、野天の道場には撞木も坂崎空也も町人門弟の姿もなかった。

「和尚、撞木道場の稽古は終わったか」

「そなたでしたか。もはや寺道場はありませんでな、おまえ様方のせいですぞ」

と和尚が酒に酔った勢いで言った。

「どういうことか、生臭《なまぐさ》坊主め」

「愚僧が生臭坊主ならば、そなたらは町人の楽しみを奪いさった不逞の輩《やから》ですぞ」

と道源が言い返し、

「おのれ、痛い目に遭いたいか」

と月膳が階に駆け寄るのを止めたのは青木平蔵の朋輩門弟の笠沼一太郎《かさぬまいちたろう》だった。

「月膳師範、坊主どもよりあの者たちがどこにおるかの探索が先ですぞ」

と耳打ちし、この場はそれがしにお任せあれ、と道源和尚に歩み寄ると、

「和尚、寺道場はもはや開かれぬというのかな」

と笠沼が問うた。

「撞木先生も坂崎さんも姫路を出ていかれましたでな」

「遅かったか。和尚、ふたりがどこへ行ったか知らぬか」

和尚が顔を横に振り、知らんと応じたとき、タテギ台を拵えた大工の権八《ごんぱち》が姿を見せて、

「和尚さんよ、もうこのタテギは要らぬよな」

と質した。

「もう坂崎さんもおらんのだ。寺には用はないな」

と道源が応じた。

大工がタテギ台を壊し始め、まだ和尚の前に立つふたりを見て、

「和尚よ、撞木先生はな、妻鹿《めが》の湊から弁才船に乗って姫路を出ていきおったそうな、うちらの仲間が見ておったわ」

「先生だけか」

「おう、撞木先生ひとりじゃ、淡路島に渡る弁才船とよ」

「武者修行のお侍はどうしたな」

「ううん、あっちはふらりふらりと浜道を明石《あかし》のほうに徒歩で向かったそうな」

「そうか、ふたりは別れたか」

「おお、別れたとよ。破れ寺道場がなくなったんは、この侍方のせいじゃろうが、違うか、和尚」

「そのとおりじゃ、寂しくなったわ」

道源と大工が辻無外流道場の月膳らを見た。

「そなたの仲間は撞木と坂崎なる武者修行者が、しかと姫路藩から出たのを見たのだな。撞木は淡路島に渡ったのだな」

笠沼一太郎が質した。

「おう」

「若侍は浜道を明石に向かったといったな」

「それがどうした」

「いや、ならばよい」

と応じた辻無外流道場の門弟笠沼が辻月膳師範に、

「師範、聞かれたな、どうしたものか」

しばし沈思した辻月膳が同行の門弟を見て、

「田島主馬《たじましゆめ》を道場に報告に行かせよ。撞木玄太左衛門は船にて淡路島に逃げたとな」

「で、われらは坂崎空也を追うか。あやつ、手強《てごわ》いぞ」

と笠沼が質した。

「それがしに手立てがあるわ。ともかくあやつを見つけるのが先ぞ」

「よし、われら六人は坂崎空也を追って明石に向かうと道場主の辻方丹様に伝えさせよ。撞木の始末は、この際道場に任せよう」

という問答を、タテギを壊しながら大工の門弟が聞いていた。

破れ寺から姫路藩辻無外流門弟らの姿が消えた。すると道源が、

「おい、権八、おまえ、撞木先生と坂崎空也さんを売ったか」

と非難した。

「和尚よ、売ったとはなにがしか金子が絡む折りの話ではないか。おれはだれも売っておらんぞ」

「口から出まかせか」

「いや、撞木先生が妻鹿の湊から弁才船に乗ったのを仲間が見たのはたしかよ。だが、行き先は淡路島ではない、摂津の大坂湊よ」

「ほうほう。で、坂崎空也さんのほうはどうだな」

「おう、そっちは真《まこと》のことよ。あやつら総がかりでもタテギ打ち、朝に三千、タ

べに八千の若い衆に敵うわけがあるめえ。そう思わぬか、和尚」

しばし間を置いた道源和尚が、

「権八、ようやったな。わしゃ、坂崎空也様に叩きのめされるあやつらの顔が見たいものよ」

と言い放った。

親藩松平家六万石の明石藩城下は、姫路からおよそ十里の距離で空也がその気になれば、二刻（四時間）あれば踏破できた。

事実、夕暮れ前には、空也は明石城下に辿り着いていた。

寛政期（一七八九〜一八〇一）、明石藩の内情は決してよいとはいえなかった。藩財政再建のために豪商・豪農らに献金を求め、利息年八分の借入金を割り当て、その代償として苗字帯刀《みょうじたいとう》、扶持《ふち》を与えるという方策で借財の整理を企てたのがつい数年前だ。

さらにこの物語の時世、寛政十一年には、領内の灌漑《かんがい》用河池の改修のために、ふたたび領民に一万両の献金を命じていた。

そのような藩財政の明石藩に入った空也は、西国街道の北に位置する魚ノ棚《うおんたな》に旅籠を探し求めて歩いているうちに、明日からなにをなすか思い付いた。安心した空也は魚ノ棚の一角に旅籠を探し当てて投宿することにした。

二

空也はその夜、投宿した旅籠で板切れにかような文言を認《したた》めた。

「客人各位、殴り賃一打十文、何打でも可なり
但し十打試みても当たらぬ場合、五十文申し受け候
殴られ屋坂崎屋金兵衛《きんべえ》」

それを見た番頭が、

「お侍さん、旅籠代をさような商いで稼ごうというのか」

と案じ顔で質した。

「おお、これにござるか。いささか曰くがござってな、とある人士をそれがしの前に呼び寄せようという企てにござる。旅籠代は携えておる。三日分、先払いしておこう」

と空也が支払うと番頭がようやく安堵の顔をした。

「それにしても妙なことを考えられましたな」

「うん、これには先達がおられる。それがしの師匠のひとりというてもよかろう。向田源兵衛様と申されてな、父の古い知り合いである。それがし、十四歳の折り、そのお方が江戸の父の道場に戻ってこられてな、うん、長い歳月武者修行に出ておられたそうだ。父の若手門弟衆七人が向田様に立ち向かったが、難なく躱されて道場にへたり込んでいたのを見てな、それがしも試したくなった」

「ほうほう、そなたが十四の折りですな。門弟衆はいくつですな」

「はっきりとは言い切れぬがそれがしより幾つか年上であったろう」

「年長の門弟衆七人がダメなものを十四のそなた独り、そりゃ無理ではないか」

と番頭が言い切った。

「その折りな、それがし、父の道場に立ち入ることを許されて日が浅く、向田源兵衛様に道場から庭に出てもらって立ち合いを願ったのだ。というのも物心ついて以来、野天で独り稽古を続けてきたからな、裸足で飛び回るならば、向田様のひょうひょうとした動きに一矢報いられるのではないかと浅はかにも考えたのだ」

「で、どうなりましたな」

番頭は空也の話に関心を抱いたらしく聞いた。

「いささか向田様の対応が若手門弟衆とは変わったが、間宮一刀流の向田様には太刀打ちできなかった」

「へえへえ、十四歳が武者修行を長年重ねられたお方に敵うわけはございますまい。ところでその板切れの話はどうなりましたな」

「おお、それでしたな。それがしがこの世に未だ生まれる前の話だ。向田様もわけあって、殴られ屋稼業を江戸で始められて、目指す相手と運よく出会ってな、相手を見事に斃《たお》されたそうな。この辺りはそれがし、この世に存命しておらなかったで、とくと知らぬ。のちに古い門弟衆だったと思うが、向田源兵衛様の稼業を話してくれたのだ。そのことをこたび思いだしてな、真似をいたそうと思ったのだ」

「ということは、そなた様も仇討《あだう》ちですか」

「いや、仇討ちではない。最前も申したが姫路のある剣道場の方々を誘《おび》きよせ、見物人の前でな、殴られてみようかと考えたのだ」

「えっ、殴られるだけですか。それで相手はどう思いますな」

「うん、それがしや、あるお方にこれ以上の関心を抱かぬようにすればよいのだ」

「なんとも分かり難《にく》い話ですな」

「剣術家は、商人と異なり、利欲では動かぬ。面目《めんぼく》や意地やらを大切にする輩でな、番頭どのには分かるまいがあちらには分かるはずだ」

ふーん、と唸った番頭が、

「坂崎屋金兵衛がそなた様の姓名ですな」

「最初は向田源兵衛様の名を無断借用しようと思ったが、それでは向田様に悪かろう。そこでそれがしの姓に屋を加えてわが死んだ祖父の金兵衛の名を借りて、二代目殴られ屋の名とした。これが少しでも評判になれば、目指す相手がわが前に立とうと思う」

「やっぱり妙ちきりんな話です。たしかにおまえ様は商いが分かっておられぬ」

「いまさらそう言われてものう。番頭どの、明石城下で人が大勢集まる場所はどちらかのう」

「そりゃ、お侍さん、この界隈、魚ノ棚《うおんたな》ですよ」

「それがしもなんとなくそう思ったのだ。よし、明日から殴られ屋稼業じゃ」

と空也は大きく首肯《しゆこう》した。

「そなた様の真の名はなんと申しますな。一応宿帳に認める都合、お尋ねします」

「それがしの本名は坂崎空也にござる」

「おう、若武者らしい立派な名ではございませんか。その名で山陽路の明石くんだりを旅しておられますか」

「四年前より武者修行に出てな、そろそろ武者修行を終えようと思っておるところでござる」

「なに、そなたも武者修行ですか。初代の向田様の真似を為されたか」

「ううーん、考えてもみなかったが、ひょっとしたらそれがし、向田源兵衛様の武者修行の真似をこの四年、していたのかもしれんな」

「なんとも呑気な武者修行ですな。で、坂崎空也様はお強うございますかな」

「未だ武者修行ならず、といった技量かな」

空也の返答に番頭はしばし無言であったが、

「殴られ屋稼業が繁盛するとようございますな」

と首を捻りながら呟いた。

翌朝四つの刻限、旅籠からさほど遠くない魚ノ棚の魚屋、駄菓子屋、八百屋の店前に、板切れを立てた。

空也は竹刀と木刀を携え、腰には脇差だけを差した姿だ。上様から拝領の修理亮盛光は旅籠に預けてあった。

最初の日とあって旅籠の番頭容蔵《ようぞう》が従ってきて、魚屋や八百屋に許しを乞うてくれた。

「容蔵さんや、旅籠の泊まり客か。殴られ屋なんて商いが繁盛するとも思えんがな」

と言いながらも殴られ屋稼業を黙認してくれた。

だが、一刻を過ぎても板切れの看板をだれも読もうともしなかった。

お昼を過ぎたころ、魚屋の男衆が、

「侍さんよ、おめえさんのように大男が黙って突っ立っていても、だれも客は来ないぞ。揉《も》み手でもしながら、『お試しくだされ』とか『お出《い》でやす』なんとよ、言葉をかけてみないか」

「なに、商いには誘い文句が要るのか」

「おお、黙っていられてもな、商いにならねえな」

というところに三人の若者が立ち止まった。

形《なり》と衣服からみて明石藩家臣の次、三男坊か、道場での稽古帰りと思えた。というのも三人ともに木刀や竹刀や防具を携えていたからだ。

「小三郎《こさぶろう》、この奇妙な看板を読んだか。こやつの面を叩けば一打十文というぞ」

「殴られ屋なんて商いだと、ふざけた野郎だ」

と勝手な解釈を言い合った三人が、

「坂崎屋金兵衛とやら、この看板に偽りないか」

「いかにもさよう」

「おれが十回そのほうの頭を続けざまに叩けば百文くれるな」

「むろんのことにござる」

と空也もいい加減に応えていた。

「そのほう支払いの金子持っておろうな」

空也は黙って旅籠で一朱を銭に両替した二百五十文を看板の傍らに置いた。

「よし、おれが一番手だ」

と三人のなかで一番体格のいい若侍が自分の竹刀を構えた。

「ちと伺うが、そなた方も五十文をお持ちであろうな」

「さような銭は要らぬいらぬ。十打叩いてそのほうの面や胴に当たらぬということはないでな」

と兄貴分が言い切った。

「それでは殴られ屋の稼業に差し支える。それがしもかように銭を置いたのだ。そなたも五十文をお持ちの折りに改めてお出でなされ」

と空也がこの界隈のお店《たな》の奉公人に聞かせる口調で言い放った。

「そのほう、猪瀬《いのせ》重次郎《じゅうじろう》を馬鹿にしおるか。小銭を持っておらぬと言うておるのだ」

「ならば一朱でも一分でも見せてくれぬか。そなたが十回竹刀を振るい、一度もそれがしの体に触れぬ折りは五十文、そちらのお店で両替して払ってもらいますぞ」

猪瀬が仲間に、

「いささか手元不如意《ふにょい》だ。なにがしか銭を貸してくれ」

と小声で願った。

そんな気配を見ていた魚屋の男衆が、

「呆れたな。殴られ屋も殴られ屋だが、初めての客が貧乏侍の部屋住みときた。

三人して五十文の銭がないとよ」

と呆れ顔で駄菓子屋の婆さんに大声で話しかけた。

「待て、魚屋。そのほう、われらを蔑む言辞《さげす》を弄したな」

と三人のうちの兄貴分猪瀬某が魚屋の男衆に絡んだ。むろんなにがしかの銭を拝借しようという魂胆だ。

「おめえさん方、相手はおれじゃねえよ。そっちの高すっぽだぞ」

と言い、空也を見た。

「いかにもいかにも、殴られ屋はそれがしでござる。三人合わせての持ち金で受けようではないか」

と空也が鷹揚に言った。

「待て、重次郎。銭はいくら足りぬのか。それがしも銭の持ち合わせはないぞ、一分金ばかりでな」

と見栄を張った言葉を言いながら三人の懐の銭をかき集めたところ、

「ううーん、五十文には何枚か足りぬな」

と唸った猪瀬の掌に四十七文が載っていた。

「これでよいな」

「猪瀬どの、初めてのお客ゆえ三文は負けよう」

と空也がつい調子に乗って応じた。

「殴られ屋、竹刀では甘い、木刀でよいか」

と懐具合を魚ノ棚界隈の商人に知られた猪瀬某が虚栄を張った。

「うう―ん、道具は竹刀とは限ってないな。困ったな」

「この期《ご》に及んでなにが困っただ」

「木刀勝負となると怪我人が出ようぞ。大道での遊び事で血を見るのはよくないぞ、各々《おのおの》がた」

「今更なんだ、われらは構わん」

と猪瀬が高飛車な態度で空也に言い放った。

「ならばこうしようではないか。そなたは木刀で構わんことにしよう。それがしは慣れた竹刀で相手いたす」

「よかろう」

と猪瀬が腰に差した脇差を抜いて仲間に渡した。

魚ノ棚で片や木刀の猪瀬、片や空也は竹刀で構え合った。

「おい、殴られ屋の高すっぽ、どうだ、明石藩の次、三男坊の腕前は」

と魚屋の男衆が空也に聞いた。

「なかなかでござる」

「ほう、なかなかの腕前か」

「いえ、なかなかの未熟者でござる」

空也が魚屋と掛け合いの問答を繰り広げると、

「おのれ、田宮《たみや》流の業前を見せてくれん」

と腰高の構えのままに空也の前に飛び込んできて、

「面」

と叫んで居丈高な空也の頭を木刀で殴りつけた。

空也は引き付けるだけ引き付けて、竹刀でそよりと木刀を弾き、ついでに小手を叩いた。木刀が手から落ちて、

「あ、痛たた」

「一本にござる。続けられよ、猪瀬どの」

「それがしが代わる」

と小三郎が傍らから空也への胴打ちを竹刀で放った。

殴られ屋の看板に書かれた文言は、あくまでひとりの客が空也相手に十度叩く

のが原則だ。が、三人組の一番手は一度で殴り続けることは無理と強引に仲間に代わっていた。

力不足の相手だ。致し方ないと空也はふたりめに対応した。

こちらもあっさりと躱され、顔から地面に転がった。

三人目も木刀を上段に構えて踏み込んできたが、及び腰の小手を打たれて仲間ふたりの傍らに倒れ込んだ。

「おうおう、なかなかの未熟者じゃな、田宮流の道場主はうちの上得意だぜ。弟子の無様を見たらなんと申されるかね」

と魚屋の男衆が言った。

「困ったな」

「なにが困ったよ、高すっぽ」

「三人して空打ち三本です。この先、どうしたものでしょうね」

「三人にあと七本打ち込む元気があるものか。あちらの四十七文は、おめえさんのものだな」

「さようか、お三方」

空也が問うと、地面に坐り込んだり、寝そべったりしている田宮流の門弟三人がこそこそとこの場から逃げ出した。

魚ノ棚のお店のあちこちから、

「わあっ」

という歓声が起こった。

これがきっかけになって初日には三組の挑戦者があった。だが、空也の体に得物の先で触れた者はいなかった。

夕刻、旅の武芸者と思しき人物が無言で板切れを読み、無言で手にしていた稽古槍を構えた。四組目の挑戦者はこれまでの三組と違い、それなりの技量の持ち主だった。歳は四十代半ばか。

「ひと突きを十回繰り返し、一度でも当たれば五十文はわしのものじゃな」

「いかにもさようにござる」

「離相《りそう》流槍術、受けてみよ」

と静かに宣告した相手が空也との間合いを計り、空也に先に攻めさせようと企てた。

離相流の創始者は、槍術家石野伝一《いしのでんいち》だ。紀州藩の徳川頼宣《よりのぶ》に招かれて、虎尾紋《とらおもん》右衛門《えもん》の創始する虎尾流を継いだ水島見誉言之《みずしまけんにょときゆき》に教えを乞うた石野は、これらの諸流の技を統合した槍術の一派を新たに設けた。その折り、この槍術は頼宣より「離相流」の名を与えられて紀州藩で流行することになる。

だが、空也は離相流の曰くを知らなかった。ただ空也は相手の誘いに乗ることなく正眼の構えで待った。

相手も最初の間合いを保ったまま、攻めようとはしなかった。

時が静かに流れていく。

この勝負を魚ノ棚のお店の衆と客たちが見ていた。なかには明石藩の家臣と思しき武家方もいた。

竹刀と稽古槍の対峙は不動ながら弛緩した気配はなかった。いや、生死を予測させる緊迫感があった。それゆえ大勢の見物人にも拘《かか》わらず静かだった。

不意に稽古槍が引かれた。

「それがしが敵う坂崎屋金兵衛どのではござらぬ」

と言った相手が鷹揚にも五十文を懐から出して空也に手渡しすると、

「いつの日か、相見《あいまみ》える日がござろう」

と言い残して姿を消した。

「おい、殴られ屋の若い衆、初日は半端者三人を含めて四組か、初日からしてなかなかではないか。明日はもっと客が来ようぞ。最前の見物人のなかにな、おれの知り合いの瓦版屋《かわらばんや》がいたからな」

と魚屋の男衆が言った。

（うむ、読売に載るのか）

空也は悪くないと思った。

「最後の稽古槍の衆は、ありゃ、本気ではないな」

「そなたもそう見られましたか」

「おめえさんより強いかな」

「さあてどうでしょう」

「本日は店仕舞いか」

「はい、旅籠に戻ります」

と板切れを片付けようとしたら、

「その看板、うちで預かっておこうじゃないか」

と男衆が手を差し出した。

「有難うございます。明日も世話になりますが、お名前を教えてくだされ」

「おお、おれかえ、名乗らなかったか。おめえさんの坂崎屋金兵衛を見てよ、名乗るのを忘れちまったよ。魚屋の辰造《たつぞう》よ」

「辰造どの、この場で殴られ屋を開業しましたが、どなたかにみかじめ料をなにがしか払うべきでしょうか」

「うむ、武者修行の若い衆にしては気遣いだな。ここは堅気の衆の店ばかり、おまえさんが法外な商いをしているわけではなし、みかじめ料なんて考えることはあるまいよ。第一、明石藩も城下も景気が悪いのよ、だれがみかじめ料なんて払えるよ」

と辰造が言い放った。

空也がしばし考え、

「明石の祭礼はいつですか」

「この魚ノ棚の祭礼は終わったばかりよ。半夏生《はんげしょう》七夕夜祭はな」

「分かりました」

「来年の半夏生まで殴られ屋を開業するつもりか」

「いえ、そこまでは待てませぬ」

と答えた空也は辰造に礼を述べて旅籠へと戻った。

三

二日目の空也の俄《にわ》か商いは一気に弾けた。客足が途絶えることなく、昼過ぎには魚ノ棚に長い行列ができていた。それも武士よりは力自慢の職人やお店の奉公人が多かった。なんと女衆までいた。石積み職人で小太刀の道場に通っているという。

瓦版屋が魚ノ棚の殴られ屋稼業をおもしろ可笑《おか》しく報じたせいだ。

空也は町人相手には手加減して、五、六人にひとりは、八打めや九打めで客の竹刀に巧妙に当たりに行く場合もあった。ために行列の客が沸きに沸き、

「よし、おれがよ、三本めには仕留めてみせる」

「なに、松吉《まつきち》が三本めならわしは二本めで五十文だ」

と言い合い、いよいよ賑《にぎ》わいを見せた。

石積み女職人には七本めで胴打ちを空也がとられて五十文を払い、見物人が沸いた。

一方で空也は武家方の客には遠慮しなかったから、明石藩の下士で剣術自慢、

力自慢の十打は空也の体のどこにも触れることはなかった。

昼下がりの八つ半（午後三時）時分には、空也が地面に置いた割れどんぶりには何百文かの銭が盛り上がっていた。すると魚屋の辰造が、

「殴られ屋の兄さん、この銭、どんぶりからこぼれてもいけねえや、両替していいか」

と銭二百五十文ずつを五百文まで数えて二朱をどんぶりに入れた。それでもどんぶりの底にかなりの一文銭が残っていた。

夕暮れ前、腰に黒塗の大刀を一本差しにした浪人が空也の前に立った。空也は直ぐにこの者がなかなかの技量と推測した。

「ちと願いがござる」

と丁寧な口調で空也に話しかけた。

「それがし、持ち金が今宵のめし代の三十五文しかござらぬ。それでは立ち合ってもらえぬか」

と正直な願いだ。

「われら同じく浪々の身、懐具合が寂しいのはお互いにござろう。そなた様が十打のうち一本なりともそれがしの身に当たれば五十文支払いいたす。そのうえ、

こたびだけは格別に三十五文でお受け申す」

との空也の潔い返答に町人の客や見物人の間から、

「なに、旅の浪人さんは懐に三十五文ぽっちか、昨日の部屋住み三人の餓鬼侍よりひでえな。魚ノ棚のめし屋じゃ夕めし食えないぜ」

とか、

「殴られ屋の心意気、気に入った。ついでだ、負けてやんな」

などと勝手なことを言い合った。

浪人剣客と空也は竹刀を正眼に構え合った。

空也が睨んだとおりの腕前だった。

空腹の対戦者は、先《せん》の先《せん》で攻めに攻めてきた。

空也は気を抜かずに集中して弾いた。いまや十打どころか何十本の打ち込みが来たが空也は相手が満足するまで打たせていた。

「なんだなんだ、浪人さんよ、必死だな。看板の字が読めねえのか。これじゃあ道場での打ち合いじゃないか」

「おお、片方はめし代がかかっているからな」

と見物の衆が言い合った。

何日も食していない浪人は不意によろけた。

両人はほぼ同時に竹刀を引いた。

「それがしが太刀打ちできる相手ではござらぬ。そなた、ただ者ではないな」

と弾む息で洩らした浪人剣客に、

「そなた様が万全な体調ならば、それがしの五体は何本も竹刀で打たれていましょう。見事な打ち込みにござった」

と空也は笑みで応じたが、浪人剣客は三十五文をどんぶりに名残惜し気に入れて立ち去ろうとした。

「多忙でなければ銭などかけずに、いっしょに明朝河原で稽古をいたしませぬか。ともあれ、それがしの殴られ屋稼業が終わるまでお待ちくだされ」

と空也が願うと、無言で頷いた浪人剣客は見物の衆のひとりに加わった。

次の相手は、明石の海で漁師が職という陽光に焼けたふたり組だった。太い腕としっかりとした足腰を見た空也が、

「それがし、浪人どのとの打ち合いでいささかくたびれました」

「おお、最初から五十文をおれにくれるか。どうするよ、相棒」

「わしら、五十文ぽっち稼ぎに来たんじゃねえや、殴られ屋の頭をがつんと殴り

たいだけよ」

　との問答を聞いた空也が、

「よき心がけです。どうでしょう、ふたりいっしょにかかって参りませぬか」

「な、なに、おれたち、ひとり十打ではなくふたりで二十打を殴らせてくれるか」

「こたびも看板の約定を外して一対二人《に》勝負《にん》です」

　と空也が竹刀を構えた。殴られ屋稼業も二日目になって客が置いていった竹刀が何本もあったから、ふたり組は手ごろな竹刀を摑み、

「がつんと行くぞ、三好丸《みよしまる》よ」

「おお、合点だ、豊丸《とよまる》よ」

　と漁《いさ》り舟の名で呼び合ったふたりが同時に仕掛けてきた。

　だが、空也の竹刀はそよそよと吹く春風のように舞い、ふたりの攻めを弾いていたちまち二十打が三十打を超えたところで、ふたりは腰砕けに地面に坐り込んだ。

「三好丸と豊丸の兄さん方よ、口ほどにもねえな」

　と顔見知りか魚屋の辰造が笑った。

「た、辰公、おめえ、殴られ屋の相方か、おめえ、やってみろ」

豊丸と呼ばれた漁師が辰造に言い返した。

「おい、豊丸、おりゃな、昨日から殴られ屋の坂崎屋金兵衛様の竹刀さばきをしっかりと確かめているんだ。おりゃ、一打とはいわねえが五打で仕留めて見せるぞ」

「店から五十文持ってこい。おれが審判を務めてやろう」

と三好丸が言った。

こうなると辰造も引っ込みがつかない。

「いいか、背高の兄さん。おりゃ、昨日からあれこれと面倒を見たよな。殴られ屋稼業がうまくいっているのはおれのお蔭だろ、そのことを承知だよな」

と言った辰造が竹刀を持った手に唾を吐きかけ、

「坂崎屋金兵衛、いざ、勝負」

というと空也の体の周りをぐるぐると走り始めた。空也は辰造の動きを無視してただ竹刀を下段に構えて待っていた。

辰造は時に早足で、時にゆっくりと回転して空也を攪乱《かくらん》しようとした。

「おい、辰、釣り上げた魚でももう少し上手に動くぞ」

と漁師の豊丸が叫んだ途端、辰造が空也の背後から躍りかかったが、手にしていた下段の構えの竹刀がそよりと背後へと躍って、辰造の胴を叩き転がしていた。

そのあとも辰造はあれこれと策を弄したが、最後は足がよろよろして地べたに転がり、

「ダメだ、足に来たぞ」

と呻いた。

「ほれ、辰、五十文出しな。おれたち三人で百五十文も殴られ屋を儲《もう》けさせたぞ」

と三好丸の漁師が諦め顔で言った。

この二日目、空也はなんと三朱と百八十余文を稼いだ。

店仕舞いした空也の元に浪人剣客がひとり残った。

「お待たせ申した」

と空也が言い、

「それがしの旅籠がこの近くにござる。お付き合いくだされ」

と願った。

「おふたりさんよ、また明日な」

と辰造がふたりを見送った。

旅籠に戻ったふたりを番頭の容蔵が迎えた。

「ますます殴られ屋稼業繁盛だな」

「見ておられましたか。お蔭様で客足が絶えませぬ」

と応じた空也が、

「そなた、夕めしの折り、酒はお飲みになりますか」

と不意に浪人剣客に聞いた。

「酒とな、久しく飲んでおらぬな。ところで何用かな」

「汗を搔きました。湯に浸かって夕餉をいっしょにしましょう。それが用事です」

と空也が言うと、湯殿に案内《あない》します、と先に立った。

浪人剣客はしばし迷った顔で佇《たたず》んでいたが、番頭に顎で、湯殿はあちらと差されて空也に従った。

この夜、空也と浪人剣客はいっしょに湯に入り、めしを食べて、浪人剣客だけが美味《おい》しそうに酒を二合ほど飲み、同じ部屋で寝た。

翌朝、名も知らぬ河原でふたりは素振りをしたり、竹刀を交えたりして一刻半ほど体を動かして別れることにした。

「そなた、また殴られ屋稼業かな」

「はい、いささか曰くがございまして」

と応じた空也は、

「失礼とは存ずるがそれがしの稽古相手を勤めていただいた稽古代にござる」

と一朱を差し出した。

「昨日からあれこれと世話をかけたうえ、金子まで頂戴できるか。もはやそなたはこちらの懐具合は承知、有難く頂こう」

「はい、浪々の身は風雨の折りもあれば、晴れやかな日もござろう。お互い様です」

と言い合ったふたりは、互いの名も知らずに別れた。

殴られ屋稼業三日目の昼下がり、空也はなんとなく見張られている気配を感じた。だが、素知らぬ振りをして商いを続けた。

今日は町人と武家方が半々だった。昨日と同じように町人衆には、見せ場を作ってやり、武家方には、それなりに手厳しい応対をなした。

七つ（午後四時）過ぎ、魚屋の辰造が、

「今日も商売繁盛だな、おれも魚屋の奉公人を辞めて、おまえさんの男衆に鞍替えしようかな。どうだえ、坂崎屋金兵衛さんよ」

「ううーん、そうもいかなくなったようです」

「どうしてよ、客はいくらでもいるぞ」

「いや、それがしが待ち受けていた御仁が姿を見せられたようだ」

「なに、どこによ」

空也が竹刀の先で数人の武家方を差した。

「あやつら、何者だ」

「さる大名家の家臣にして、とある道場の門弟衆にござる」

「なに、あやつら相手に殴られ屋商いをして恨みを買ったか」

「そんなところです」

と空也が応じたところに客の武家のひとりが竹刀を手に、

「そろそろ、それがしの番でござろう」

と空也に声を掛けた。

「お武家様、いささか難儀が生じました」

と応じたとき、辻月膳らが険しい形相《ぎょうそう》で空也をとり囲んだ。

「これこれ、順番を守られよ」

と客が言いかけると、

「茶番は終わった。怪我せぬうちに立ち退かれよ」

と辻月膳が言い放った。

「お客人、難儀とはこの御仁がたでな、この場を離れておられよ」

と空也は願った。

「撞木玄太左衛門はどこにおるな」

「姫路を出た折りに別れましたゆえ、それがし、撞木先生の行き先は関知しておりませぬ」

「そのほう、この地に三日、奇妙な稼業を為しておるのはたしかじゃな。昨日、そなたと旅籠に泊まった浪人は撞木ではないな」

「辻どの、もはや調べ済みでござったか。浪々の剣術家でした」

と応じた空也に、

「そのほう、姫路に連れ戻る」

と辻月膳が言い放った。

「それがしにはもはや西に戻る予定はござらぬ。どうしても連れ戻すと申されるのならば、どうですな、この場で決着を付けませぬかな。一打なにがしかの遊びのほうが、そなたらの藩にも道場にも迷惑は掛かりますまい。なによりそれがしの商いになる」

「われら、辻無外流を虚仮《こけ》にする気か」

「それそれ、流儀など口にされるといよいよ辻某どの、立場を悪くしますぞ」

空也が辻月膳の仲間を見た。そのなかに独りだけ見知った顔がいた。

「そなた、破れ寺道場におられましたな」

と空也に話しかけられた相手が無言で頷いた。

「そなたが真っ先に殴られ屋の商いに付き合う気はございませんかな」

「それがし、そなたの正体を承知です。大道芸とはいえ、これだけの見物人の前で恥は掻きとうはござらぬ」

「おお、それは賢明にござる」

と空也が答えたとき、一統のなかでも壮年の武芸者が、

「笠沼氏、そなた、こやつの正体を承知かな」

と質した。

「いかにも承知です。ああ、むろん辻月膳師範も知っておられる」

「なにっ、辻師範、なぜそれをわれらに告げぬ」

と壮年の武芸者が一統の頭分辻月膳を睨んだ。

「おお、いささか怪しげな正体ゆえ道場主の辻方丹様にもそなたにも申し上げなかったのだ」

「どういうことだ」

と武芸者が辻月膳に迫った。

「いや、こやつな、江戸神保小路の直心影流尚武館坂崎道場の跡継ぎというのだ。まさかさようなことはござるまい、客分」

と笠沼が曖昧な言葉を吐いた。

客分が一統の頭領辻月膳を見て、空也に視線を移すと糺した。

「そのほう、坂崎磐音どのの嫡男かな」

「客分どの、いかにもさようにござる」

と空也が正直に答えると客分が、

「あのような安い銭で請《う》け合うのではなかったわ」

と後悔の言葉を口にした。

空也はそんな問答でおよその事情は察した。

「客分どの、もはやそなたの役割を果たしたのではござらぬか。この場より立ち去りなされ」

空也の言葉を聞いた客分がしばし考え、首を横に振った。

「この場から逃げ出したとあっては、今後のわしの仕事に差し障りが出よう。坂崎空也どの、この場にて決着を付けようか」

「殴られ屋の触れに従ってもらいますがよろしいか」

「いや、真剣勝負で願おう」

「真剣とはいきませんな。明石藩に迷惑がかかる、ゆえに祭礼の場の遊びごとの殴られ勝負」

「よかろう」

と言った客分が、

「辻師範、そなた、藩では小鉄砲頭であったな」

と辻月膳を不意に見た。

「そなたの懐の小短筒《たんづつ》をそれがしに渡されよ。われらの勝負、そなたに邪魔をされたくないでな」

と客分が大勢の面前で告げると、辻と客分が睨み合った。が、最後の頼みの小短筒を懐からそろりと月膳が差し出した。辻の手立てとは小短筒だったのか、と空也は思った。

無造作に小短筒を受け取った客分が傍らを流れる小川に放り込み、辻が、

「嗚呼ー」

と呻いた。

空也と名も知らぬ客分が木刀勝負で睨み合った。これまでの殴られ屋の打ち合いとは異なり、緊迫が魚ノ棚に走った。

「直心影流、技を見せてみよ」

「客分どの、それがし、四年の武者修行にて業前が変わってございます。それで宜しゅうござるかな」

空也の言葉に客分が頷き、

「そなたの流儀、差し支えなくば、名乗られませぬか」

と空也が願うと、

「万法一刀流《ばんぽういっとう》小柴伝左衛門常己《こしばでんざえもんつねみ》」

「坂崎空也、お相手いたす」

互いが木刀を構え合った。

もはや生死をかけた戦いしか途《みち》はなかった。

相手は木刀を八双に置き、それを見た空也は右蜻蛉に木刀を突き上げた。

「なんと薩摩剣法を承知か」

小柴の口から驚きが洩れたが、直ぐに平静を取り戻した。

長い対峙になった。

殴られ屋の遊びが真剣勝負になったことを見物の衆も承知していた。

小柴の八双の構えがゆるゆると中段に移された。

空也は動かない。

右蜻蛉は微動もしない。

なんと両眼を閉ざした。

辻月膳が思わず己の大刀の柄《つか》に手を置いた。

微妙な気の動きに小柴伝左衛門の中段の木刀が胸元に引き付けられ、突きの構えから一気に踏み出して伸びた。

空也は視界を自ら塞《ふさ》いだなかで、気の流れを感じ取ると同時に木刀が右蜻蛉から掛かりに振り下ろされた。

突きと掛かり。

見物の衆が同士討ちと見た直後、小柴の五体が圧《お》し潰されて空也の足元に崩れおちた。

静寂の間に死があった。

木刀を下ろした空也は、

「坂崎空也、八番勝負」

と言いかけて大道芸での勝負に止《とど》めた。その代わり、

「辻月膳どの、もはやわれらの間に戦ういわれはない、かように小柴どのが死を賭《と》してそなたらの面目を償われたわ。お分かりかな。丁寧に弔いなされ」

空也の眼差しを辻月膳は受け止めることができなかった。

四

一方、佐伯彦次郎と伴作主従は、愛鷹の千代丸を空に放ちながら瀬戸内の海沿いの道をいくつもの小さな集落を辿り、多度津《たどつ》から丸亀城下に到着していた。

なにしろ坂崎空也の心持ちを斟酌《しんしゃく》しながらの道中だ。急ぐ旅ではない。

前日に通った讃岐国《さぬきのくに》多度津藩は京極《きょうごく》家一万石の外様小名《しょうみょう》だ。

主従は陣屋を見ただけで丸亀藩に向かった。多度津藩の親藩である京極家は五万千四百六十七石の外様中藩だ。蓬莱《ほうらい》城とも呼ばれる丸亀城の堀端で彦次郎が、

「伴作、懐具合はどうだ」

と聞いた。

「若、松山から脇街道の浜道ばかりを歩いてきた。貧しげな村ではどこも銭を使うところがなかったな」

「おお、宿も鄙びておったし三度三度のめしも質素であった」

「ということで路銀は残っておるし、多度津の本藩である丸亀城下の剣道場を潰すこともあるまい」

と伴作が答えた。

「ならば次なる城下は高松藩松平家かのう」

「おお、高松松平家十二万石は、そこそこの大名家ではなかろうか。あちら辺りでひと稼ぎして海を渡り、紀伊国入りする手順かな、若」

「ならば高松城下に向かおうか」

佐伯主従は懐具合と千代丸の放鷹を勘案しながら丸亀城下をあとにし、丸亀街道を高松へと向かった。

「若、このところ身辺えらく長閑ではないか」

「結局、松山城下の日下伝兵衛様の門弟らの追捕はなかったな」

「利口な判断ではないか。松山では新当流の道場を残すことを考えられたということよ」

「利口な道場ばかりではわしら、稼ぎになるまい」

「ならんな」

　この主従の問答には切迫感がない。懐に暮らしの金子があれば、ゆらりゆらりと讃岐路を進んでいく。なにしろ旅籠代とめし代では大した費えにはならない。

「うーむ」

　と放鷹を終えて腕に戻った愛鷹千代丸を見た彦次郎が海を見ながら、

「なにやら久しぶりに感ずる気配かな」

「松山の新当流道場の追捕かのう、若」

「あるいは以前に恨みつらみを残した連中か」

「高松城下に入る前に姿を見せると都合がよいがのう」

「相手次第じゃな」

　主従の歩みが変わるわけではなかった。

待ち伏せの一行が佐伯主従の前に現れたのは、高松城を望み、瀬戸内の海を見下ろす小さな岬だった。

「おお、やはり松山城下新当流の高弟どのが待ち受けておられる。名はなんと申したか」

「若、石黒勇次与平どのじゃ」

「おうおう、思い出した」

老爺に応じた彦次郎が千代丸を伴作に渡し、つかつかと待つ人の前に歩を進めた。

「日下伝兵衛どのの弔いは無事終わられたかな」

彦次郎の問いに石黒は答えなかった。

連れのふたりは初めて見る顔だった。

ひとりめは四十年配の松山藩上士と思しき形をしていた。

ふたりめは、背丈が六尺を三、四寸超えた大男で旅の武芸者と思え、着古した道中着であった。腰に差した大小の鞘は黒漆塗《くろうるしぬり》であったが、あちらこちらが剝《は》げ落ちていた。手には鉄扇を、頭には破《や》れ笠を被《かぶ》って秋の陽射しを避けていた。

口を利いたのは松山藩上士だった。

「そのほうが安芸広島藩の間宮一刀流間宮道場の佐伯彦次郎か」

「わざわざ念押しするまでもあるまい。じゃが、それがし、もはや広島藩とも間宮道場とも縁がござらぬ。見てのとおりの主従ふたりと千代丸のみが身内」

「戯《たわ》けたことを」

「戯けたことかどうかは、己が決めることよ。で、そなたらの用事を一応聞いておこうか」

「命を頂戴する」

「そなた、日下伝兵衛どのとは朋友《ほうゆう》か」

「おお、新当流の剣友じゃ。朋輩の仇を討たねば彼岸で再会もできまい」

「大男どのは、形からして日下伝兵衛どのの剣友とも思えぬが金子で雇われたか」

彦次郎の視線が破れ笠の主を見た。

「東国の仙台《せんだい》城下であったか、佐伯彦次郎の名をしばしば聞かされた。その折り、そのほうの武者修行の仕方に嫌悪を感じておった。いかにも武者修行を小ばかにしおって腹立たしいかぎりよのう」

「ほう、金子で雇われたわけではないというか」

「金子は支払ったわ」

と応じたのは日下の剣友と名乗った御仁だった。

「ちなみにそれがしの命の値段聞いておこうか」

「柳生一流《やぎゆういち》臼井《うすい》三郎兵衛《さぶろべえ》どのの願いで十両であったわ」

「ほうほう、十両のう。馴染みの金子じゃが、ちと安かったのう、臼井三郎兵衛どの」

佐伯彦次郎が笑い、伴作に顎で命じた。千代丸を左腕に載せたまま、右手で懐の十両包みを探り出し、彦次郎に渡した。

彦次郎の傍らに苔《こけ》むした小岩があった。彦次郎に続いて臼井が小岩に十両を載せた。

「松山藩と呼ぶべきか、新当流日下道場の門弟と呼ぶべきか、そなたら、ふたりは見物か」

彦次郎の言葉に臼井が、

「助勢は願い下げとの約定あり」

「臼井どの、その約定、それがしには通じんでな。そなたら三人いっしょに相手させてもらう」

　と言い切った。

「おのれ、若造が」

　と臼井が洩らし、剣の柄に手を置いた。それを見た日下の剣友が羽織を脱ぎ捨てながら、

「石黒、そのほうとそれがし、松平家番頭草刈巌《くさかりいわお》が臼井氏の後見じゃぞ」

「はっ」

　と石黒も戦いの仕度をなした。

　千代丸を手に載せた伴作ひとりが立会人だ。

　臼井が鉄扇を前帯に差し、破れ笠は被ったまま大刀の鯉口を切り、刃渡り二尺八寸余の豪剣を静かに抜いて左脇構えにおいた。

　後見と称した草刈と石黒もそれぞれの剣を抜き、臼井を前に扇の形に位置すると中段に構えた。

　それを見た佐伯彦次郎も村正の鯉口を切った。

「ほう、居合もなすか」

　と臼井が脇構えの刀の刃を彦次郎に向けた。

一対三の長い対決になった。

立会人の伴作が左腕に載る千代丸の革帯を静かに落とした。

その瞬間、千代丸が虚空に飛び上がった。

臼井三郎兵衛が彦次郎目がけて踏み込んだ。

同時に彦次郎は右手に飛ぶと石黒勇次与平の隙をついて胴斬りを放った。

ぐえっ
と呻いた石黒が立ち竦むのを感じた臼井三郎兵衛がくるりと向きを彦次郎に変えた。

そのときには彦次郎は、立ち竦んだ石黒の体を足蹴りにして臼井の前へと襲した。と同時に日下の剣友の草刈巌に向かって飛び込み、中段に構えた剣を見ながら上段から村正を落とした。

迅速果敢な彦次郎の村正が草刈の刃の動きを見つつ、寸毫早く首元に食い込んでいた。

彦次郎の動きは止まらなかった。

臼井三郎兵衛から間を空けた彦次郎が一瞬動きを止めた。

無言裡に村正の切っ先を臼井に向けた。

「これにて一対一」

「小賢《こざか》しいかな、佐伯彦次郎」

「いかにもさよう」

彦次郎の村正が正眼に置かれた。

臼井の脇構えはそのままだ。

長い対峙になるかと思われたその瞬間、千代丸がばたばたと羽ばたきをして立会人の伴作の手に下りてきた。

その瞬間、両人ともに動いた。が、千代丸の戻りを承知していた彦次郎の村正の動きが迅速で巨漢の顎下を深々と断ち切っていた。

老練な武芸者は得意の技を披露する前に彦次郎の策に斃された。

ゆらり
と大木が烈風に倒されたかのように巨漢が崩れ落ちた。

海を見下ろす小さな岬に静寂が訪れた。

「若、高松城下で道場を訪ねるのは厄介じゃぞ」

「伴作、曰くがなくなったとは思わぬか」

と血振りをした村正を鞘に納めた彦次郎が苔むした小岩に載った二十両を摑ん

だ。

「いかにも高松城下を訪ねずとも暮らしの費えはできたでな、若」

「いかにもいかにも」

「となるとどちらに向かうべきか」

「紀伊国に渡るのは未だ早し。街道を歩くのもいささか飽きたな」

「わしら、海はずっと見てきたぞ、若」

「海辺に出て、船を探し、淡路島に渡ってみぬか。淡路島ならば、紀伊の瀬戸を挟んで内八葉外八葉にある姥捨の郷は望めよう。坂崎空也が紀伊入りしたか、わしが海を渡って調べれば直ぐにも分かろうではないか」

「ならばこの岬の下に下りてみようか」

主従ふたりと千代丸は三人の骸《むくろ》を残して高松城下外れの湊へと下りていった。


江戸・神保小路。

直心影流尚武館坂崎道場の母屋に道場主の坂崎磐音とおこん夫婦のもとへ尚武館の高弟でもある重富利次郎と霧子の夫婦、さらには薩摩藩江戸藩邸の重臣渋谷重恒と眉月父娘、両替商今津屋の大番頭の由蔵、さらには道場主の娘婿の中川英次郎と睦月夫婦が集まっていた。

この集いは重富家からの願いで催されたものだ。

この面々となると、霧子と眉月のふたりが紀伊国高野山の麓、内八葉外八葉の姥捨の郷に旅することはすでに承知していた。ゆえになんぞこの旅を前に変化が生じたか、集められた面々はそのようなことを考えていた。

顔を揃えた面々は磐音が口を開くのを待っていた。だが、磐音は平然としてその様子は見えなかった。

その磐音が利次郎をちらりと見た。

「先生、それがしが話を始めてようございますか」

「利次郎どのの願いです。そなたが口火を切りなされ」

と師匠に言われた利次郎が姿勢を正して霧子を見た。この日の集いを承知しているのは、霧子ひとりだった。頷く霧子に利次郎が覚悟を決めた。

「ご一統様がご存じのように坂崎空也どのが四年にわたる武者修行を近々終えられるそうな」

一同が頷いた。

「空也どのの武者修行の最後の地はこの神保小路とそれがし、思うておりましたが、どうやら空也どのは己が生まれた紀伊国の姥捨の地をそれと決め、そこにはわが女房の霧子が待ち受けていると、武者修行の始まりから両者の間には黙契が出来ていたとか。亭主のそれがしもそのことを知らされたのは、最近のことにございます」

利次郎がいったん言葉を切った。

「過日、この場でわが女房霧子と渋谷家の姫君眉月様が、われらの一子力之助を伴い、江戸を発《た》つ話がございました」

と利次郎が重ねて同じ意を述べた。

「利次郎さん、霧子さんが力之助さんを伴い、長旅に出ることに反対なのかしら」

おこんが利次郎の話の先を気にかけて質した。

「いえ、おこん様、それがし、わが女房に異を唱《とな》えるほど傲慢《ごうまん》な夫ではございませんぞ」

「あら、旦那様、さようなお言葉は私が不遜な女房だと皆様にとられかねませぬ」

「うーん、そうではないのだ、霧子」

　ふたりの問答におこんが、

「話がどこかに消えてしまいましたよ。利次郎さん、ずばり、仰《おっしゃ》いませ。この場は身内ばかりでございますよ」

「は、はい」

　と返事をした利次郎が、

「ご一統様、霧子と力之助のふたりならば、それがしも異を唱えませぬ。薩摩藩の重臣渋谷家の姫様眉月様がいっしょなさるのが」

「えっ、重富様、私が姥捨の郷に参ってはご迷惑ですか」

　と眉月が利次郎の言葉に抗った。

　無言を貫く坂崎磐音はなんとなく利次郎の考えを察した。その利次郎がちらりと磐音を見た。

「利次郎どの、そなたの心配はいささか異なるのですな」

「は、はい。霧子と眉月様に赤子の力之助の三人で紀伊国まで旅させてよいものかとそれがし、愚考しました。そこで亭主のそれがしが同行してはならぬかと考えたのでございます」

　場になんとなく納得の気配が漂った。

「重富利次郎どのは、わが尚武館道場の門弟である前に、それがしの旧藩豊後関前藩の家臣にござるな」

と一同が承知のことをわざわざ磐音が告げた。

「磐音先生、江戸家老を始め、重臣がたに相談いたしましてございます」

「ほうほう、関前藩ではどう申されましたな」

渋谷重恒が質した。

「渋谷様、わが藩の重臣がたは薩摩藩の重臣の娘御になにがあってもいかぬ。この際だ、それがしを含めて家臣やら女子衆を何人か付けるとの返事でございました」

「おやおや、大変な騒ぎになりましたな」

両替屋行司今津屋の老分番頭の由蔵が笑みの顔で問答に加わった。

「大番頭どの、さようでございましょう。それがし、必死で姥捨の郷にはだれもが訪ねるわけにはいかぬと重臣がたを説得しました」

「となると重富どの、わが娘もその郷には入れませぬか」

と父親の渋谷重恒が当惑の顔で質した。

「渋谷様、かの郷に育った霧子、かの地に生まれた空也どの、またそれがしも姥捨の郷とは磐音先生とともに逗留して縁があります。たしかに眉月様だけが、姥捨の郷と縁なきように思えますが、かの地生まれの空也様の武者修行の最後をかの郷で迎えたいという強い願いをお持ちです」

利次郎の言葉にこんどは眉月が大きく頷いた。

「この場に空也様と眉月様の両親と父御がおられます。さような場でいささか僭《せん》越《えつ》とは思いますが、おふたりの先々を考えたとき、眉月様ほど空也どのを出迎えるに相応《ふさわ》しい人物はおられますまいと考えました」

と言い切った。

「それで利次郎様おひとりが一行に加わると申されるのね」

と睦月が質した。

「旅慣れたわれら夫婦がいっしょならば、眉月様の父御も少しは安心かと、考えました」

「有難き提案にござる」

と渋谷が言い切った。

「もう一点ご相談がございます」

利次郎が和んだ顔で言い出した。

「それでも豊後関前藩では不安があったか、昨日改めてそれがしに相談がございました」

「重富利次郎様、どのような相談にございましょう」

「眉月様、帰りは空也様が加わりますゆえ不安はありますまい。豊後関前藩では、難儀は往路と申されて、江戸と関前との交易に使われる船にわれら一行、四人を乗せてはならぬかとの相談でした」

「それはいい」

と由蔵が早速賛意を示し、

「女衆づれの箱根《はこね》関所越えは難儀でございましょう。むろん薩摩藩の手形や、われらには関前藩の手形を携えます。それでも厄介に変わりはございません。その点、江戸から紀伊国和歌山城下の外湊和歌浦《わかのうら》に一気に行けば、十日もかかりますまい。とくに二歳の力之助ちゃんはよちよち歩きで口も未だ十分に利けますまい。となれば船旅は大いに結構ですぞ」

と言い添えた。

場が一気に和やかになった。

「重富どの、そなた様にはあれこれとお手数をお掛けしてわが娘を案じてくれましたな。父として礼を申し述べます」

と渋谷重恒が頭を下げた。

「渋谷様、頭をお上げくだされ。われらには幼子力之助がおりますれば、親として当然のことを考えたまでです」

「いやはや、尚武館道場には強いだけではのうて、心優しきお方が門弟におられる。少し薩摩隼人《はやと》も見倣ってほしいもので」

と渋谷が自藩の家臣にまで触れた。

「それもこれも坂崎磐音様とおこんさんの人柄でございますよ。上様から拝領の修理亮盛光を携えた武者修行が無事に最後を迎えることを上様も祈願しておられましょう。江戸へ帰った折りには、空也様はむろん眉月様もお城に呼ばれますぞ」

と由蔵が言い出した。

この言葉をきっかけに場に茶菓が運ばれてきた。

寛政十一年の秋があと数日で終わる、そんな昼下がりだった。

第五章　修行未だ

一

江戸にもいつしか冬が到来していた。穏やかな冬の始まりであった。

この日、神保小路の直心影流尚武館坂崎道場では、重富利次郎・霧子夫婦に一子の力之助がしばし江戸を離れるというので若手の門弟らが企て、

「歓送剣術大会」

が催されていた。

坂崎道場を挙げての剣術大会ではない。利次郎が主に教えた若手連の門弟四十余人が東西の組に分かれての催しだ。審判を利次郎師範自らが務めるのだ。賑やかにならざるを得なかった。

最後には利次郎自らが十人を指名して立ち合った。この勝ち負けを論ずるのは無益だろう。

「そなたら、それがしが神保小路を留守にするがのんびりと無益に過ごしてはならんぞ。留守の間に稽古を真剣に積んだかどうかは直ぐに分かるでな。怠けた者はそれがしと一刻稽古だ」

と利次郎から鼓舞とも脅迫ともつかぬ言葉があって、剣術大会に出場した四十余人が、

「畏まって候」

と大きな声で応じた。

見所には尚武館の先代道場主佐々木玲圓の剣友の速水左近を始め、大勢の老高弟が揃い、この模様を見物していた。

「速水様、この門弟らは速水様にとって孫弟子にございましょうかな」

とひとりの老高弟が問うた。

「柴田《しばた》どの、とんでもないことで。師範の重富利次郎がそれがしの孫弟子にあたりますゆえ、四代か五代めの若手連ですな」

「なんと四代か五代めともなる弟子ですか。坂崎磐音先生に代わって尚武館の弟

子の数も一段と多くなり、直心影流の勢いも実力も増しましたな。われら、玲圓先生を知る古弟子は少なくなり申した」

「少なくはなったが、かように世代を超えて多士済々《たしせいせい》の弟子が育っておりますぞ。あとは」

と速水左近が口を閉ざし、柴田どの、と呼ばれた古弟子が、

「磐音先生の子息空也どのが神保小路に戻ってくるのが楽しみと申されますか」

「おお、こうして重富夫婦が紀伊国内八葉外八葉の姥捨の郷まで空也どのを迎えに行かれるのです。今年じゅうにもわれら、空也どのと再会できましょうな」

と言い合う見所のお偉方の問答もなんとなく長閑なやり取りだった。

そんな問答を稽古着姿の磐音とその娘婿の中川英次郎が見所下から笑みの顔で聞いていた。

そのとき、尚武館の長屋門の前に一人《いちにん》の武芸者が立ち、しばし道場から聞こえてくる竹刀の打ち合いの音に耳を静かに傾けた。

この日、六郷《ろくごう》の渡しを越えて江戸入りして、神保小路の尚武館の前に立った無外流の撞木玄太左衛門の姿だった。

なにか物思いに耽《ふけ》るように佇む訪問者を尚武館の番犬が見ていた。そして、三

助年寄りのひとりの季助が、

「本日は若手連の剣術大会でしてな、珍しくいつもの険しい尚武館の稽古ではありませんでな」

と声をかけた。

「若い弟子方の剣術大会の催しでしたか」

「おまえ様、尚武館になんぞ御用かのう」

「播磨国姫路から参った者じゃが、坂崎磐音先生にお目にかかることができようか。それがし、未だ坂崎先生にはお目にかかったことはござらぬ。ただし」

と言いかけた言葉に季助が口を挟んだ。

「なんと播磨とはまた遠方からお出でじゃな。式台の前で声をかけてみられませんか」

と老門番も訪問者の穏やかな表情を見てそう言った。

ひと月前までは江戸など生涯無縁と思って、一剣術家の道を歩んできた撞木だ。

それがひとりの若武者と知り合って江戸へと旅することになったのだ。旅の間じゅう、

「尚武館坂崎道場とはどのような道場であろう」

とあれこれ考えてきた。

だが、撞木が想像した道場のどれとも違っていた。

撞木が門弟時代を過ごした辻無外流の辻道場の何倍も大きくて門弟衆の多い剣道場であろうとは考えた。公儀の官営道場と目されるゆえ、堂々とした佇まいであろうとも考えた。たしかに堂々たる佇まいだが、質朴剛健《しつぼくごうけん》な雰囲気だった。

尚武館道場の気風を感じ取った撞木が式台前に立ち、腹の底から、

「ご免」

と声をかけた。

「どうれ」

と姿を見せたのは中川英次郎であった。

英次郎は、ひと目で遠くから旅してきた武芸者と察した。だが、旅慣れた武者修行者の雰囲気とも違うと見た。

「ようお出でなされた。どなたかの口利きでござろうか」

「口利き状がなければ坂崎先生にはお会いできませぬか」

「いえ、それがし、数多おる門弟衆の口利きかと勝手に思うただけでござる。尚武館坂崎道場は、来る者は拒まず去る者は追わずが、道場の唯一の決まりごとで

してな。改めて申し上げる。ようお出でなされた。道場にお通りくだされ」

英次郎が式台脇の門弟衆の出入口を差した。

道場の入口で立ち竦んだ撞木が、

「ああ、これは」

と言葉を途絶させた。

撞木が江戸への道中、一夜の夢にまで見た道場とは違っていた。

「尚武館坂崎道場は天下に認められた公儀の道場と聞き及んできましたが、なんとも堂々とした剣道場にございますな。それがし、かように広くて数多の門弟衆が稽古をされる道場は初めてにござる」

「はい。初めて尚武館の門を潜られたお方はだれもがそう申されます」

「敷居を跨いでようござるか」

とすでに大刀を腰から抜いて右手に携えていた撞木が英次郎に聞いた。

「最前も申しましたぞ。われらすでに剣術にて縁を持つ同士でござれば、好き勝手にお入りくだされ」

と返答をした英次郎が、

「そこもとの姓名と流儀をお聞きしてよいか」

「おお、これは失敬いたしましたな。それがし、播磨姫路城下にて辻無外流を学んだ撞木玄太左衛門にござる」

「ほう、辻月丹師の創始なされた無外流を修行なされましたか。機会あらば、ご指導くだされ。それがし、中川英次郎と申し、坂崎磐音は舅《しゅうと》にござる」

「うむ、それがし、そなたの名を空也どのより聞かされたことがありますぞ」

撞木の返答にこんどは英次郎が驚いた。

「お待ちくだされ。撞木どのは空也どのと知り合いですか」

「はい。姫路にて短い付き合いでしたが、あれこれ曰くがありましてな。ふたりして姫路藩を去る折りもいっしょにございました」

「な、なんとそれを先に申されれば、それがし、無駄話をしなんだわ」

英次郎が磐音の傍らに急ぎ向かった。

それを見た撞木玄太左衛門はその場に正坐し、神棚に向かって拝礼した。

(空也どの、そなたの道場に辿り着きましたぞ)

と胸のなかで空也に語りかけていると、撞木の傍らに人の気配がした。頭を上げると、空也の面影を漂わした人物、坂崎磐音の眼差しがあった。

「ようお出でなされた。空也の口利きじゃそうな」

撞木が立ち上がって改めて名乗った。

「坂崎磐音先生、それがし、無外流の撞木玄太左衛門にございます。空也どのの言葉に甘えて尚武館坂崎道場にお邪魔しました」

「英次郎どの、これまで武者修行中の空也が尚武館に人を送ってきたことがあったかな」

と磐音が英次郎に糺した。

「それがし、記憶にございませぬ」

「ないな。嬉しいかぎりではないか、利次郎どのと霧子どの夫婦の歓送会の日に空也を知る撞木玄太左衛門どのが参られたのだぞ」

「舅どの、この場に利次郎どのと霧子さんを呼びまする」

と英次郎が重富夫婦を呼びに行った。

「撞木どの、空也はただ今どこを旅しておりましょうかな」

と磐音が訪問者に糺した。

「お別れする折りに、山城国《やましろのくに》京の北外れにある空也瀧に向かうとそれがしに約定なされました」

「なに、京に空也なる瀧がござるか」

「はい、ございます。空也上人が修行した滝と聞いた空也どのは、その空也瀧にて身を清めて内八葉外八葉の姥捨の郷に向かうと言われました」

撞木が応じるところへ重富夫婦が英次郎に連れられてきた。

「先生、われら、空也どのの近況を知って旅に出られるのですね」

「そういうことだ、利次郎どの」

頷いた利次郎が撞木を見た。

「無外流の撞木どの、空也どのは健在でしょうね」

「申すに及びません。ご一統様は四年前の空也どのしか直にはご存じないのですね」

と撞木が反問した。

「いかにもさよう。どれほど成長したか、父御の磐音先生を始め、われらは知りません。撞木どの、どのように成長されておりましょうな」

利次郎が撞木に糺した。

「それがしは空也どのの倍以上の歳を食っております。じゃが、足元にも、いえ、爪先にも及びませせぬ」

と答えた撞木がしばし沈思し、

「坂崎先生、ご一統様、空也どのの近況は折々話しまする。尚武館道場での稽古、お許しくだされ」

と丁寧に願うと磐音が無言で頷いた。

撞木が道中羽織を脱ぎ、神棚に改めて拝して一礼し、腰に大刀を戻した。

すると二百人ほどの門弟衆が稽古を止めて壁際に下がり、客人に場を譲った。

かような動きは実に珍しい。尚武館にとって訪問者は常にあった。そのたびに門弟が稽古を止めるなどありえない。だが、撞木の姿が門弟衆にそうさせたのだ。

それを見届けた撞木玄太左衛門が、一同にも頭を下げるとつかつかと道場の真ん中より見所側に身を移し、神棚に向き合った。

四百畳の道場に撞木玄太左衛門が独りいた。

磐音は空也が人を見る眼を有することに感心した。だが、驚くのはまだ早かった。

しばし沈思して気を集中させた撞木玄太左衛門が大刀をゆっくりと抜いて虚空に置いた。

その瞬間、磐音は、

（おや）

と訝しく思った。

どこの流派も正眼の構えは相手の目鼻に付けた。直心影流もまた中段の構えの根本だ。直心影流では、

「切先《きっさき》を目鼻の間に付けるのは、是萬物一《こればんぶついち》より出て、一に帰する所也《ところなり》」

と説《と》く。

辻月丹の教えも直心影流と似ているのか。

当流では、

「人は小天地《しょうてんち》の形にして、頭の円《まる》きは天にかたどり、足の方《けた》になるは地にかたどる」

と教える。

磐音は察した。これは無外流の奥義ではない。直心影流の「法定四本之形」の極意伝開だと推測した。

(どういうことか。なぜ無外流の撞木どのが直心影流の秘事を承知か)

たしかに磐音は流儀の奥義を過剰に秘することを嫌った。奥義の形は修行者が何千何万回と繰り返すうちに悟るのだと考えるからだ。

ゆえに尚武館坂崎道場では、どこの流儀流派よりも奥義を知識として承知して

いる門弟は多かった。が、それが己の奥義に達するのは限られた修行者しかいない。

撞木玄太左衛門の技を直心影流の奥義と悟ったのは、この日、道場にいた十余人であろう。大半の門弟は他流の奥義あるいは基本として見ていた。

撞木は、「八相」から、「一刀両断」、「右転左転」と進み、最後には「長短一味」を演じ終えた。

撞木玄太左衛門が坂崎磐音に歩み寄ると深々と一礼した。

「尚武館坂崎道場にて弟子でもなき無外流のそれがしが直心影流の基《もとい》を披露するなど非礼極まりましょう、坂崎先生」

「この直心影流の奥義、空也から習いましたかな」

「いかにもさようです」

「撞木どのと空也の付き合いは長い歳月ではございませんな」

「十数日であったか。その程度、瀬戸内からの同じ海風に吹かれ、裸足で土を感じ、お互いの業前を教え合いました」

「そなたは、辻無外流の奥義を空也に伝えられたか」

「坂崎先生、いかにもさようです。それがし、辻無外流の道場に町人の弟子をとり、剣術の基を教えたゆえに流儀から放逐された人間でござる。空也どのは、それがしが姫路城下の外れの破れ寺で開く道場に参られて短い間ですが稽古を為されました」

撞木と磐音の問答はふたりにしか聞き取れなかった。両人の間に他人を挟む暇のないことをふたりが無言で告げていた。

「互いの流儀の奥義を教え合った」

磐音は念押しした。

「はい。空也どのは、直心影流の奥義を師匠たる坂崎磐音様に断わりもなしに伝えることに一瞬迷っておられたと、それがし、感じました」

撞木の言葉に笑みを浮かべた顔で頷いた磐音が、

「最前、そなたの前で申し上げたな。四年の武者修行のうち、浪々の剣術家を神保小路の尚武館坂崎道場に空也が送ってくれたのは初めて、ましてや直心影流の奥義を知る他流の修行者は空前絶後にござろう」

磐音の言葉を撞木は長いこと吟味した。

「それがしの考え方が正しいかどうか存じません。坂崎空也どのは、武者修行の一端をだれぞに伝えたかったのではございますまいか。ゆえに神保小路の尚武館で修行せよと、それがしを送りこまれた」

撞木玄太左衛門の言葉を沈思していた磐音がさらに頷いた。

「わが道場で修行をなさるか」

「坂崎磐音先生のお許しがあれば」

との言葉に磐音がにっこりと笑った。


その夜、坂崎家の母屋にいつもの坂崎一族ともいえる身内が集まり、撞木玄太左衛門から空也の近況を聞くことになった。

撞木は道場で磐音らに告げた以上に克明に空也の言動と成長ぶりを伝えた。長い話の最後に撞木は、

「空也どのがそれがしを大坂行の船に乗せたには曰くがございます」

「神保小路に行かれるそなたを見送るためだけではないと申されるか」

と速水左近が問うた。

「それがし、姫路の辻無外流を放逐された人間ですが、城下外れの破れ寺の道場を開くことは放任されておりました。それがいかなる理由か、撞木道場はいきなり潰される憂き目に遭いました。その折り、空也どのがそれがしの同輩であった

門弟衆をあっさりと叩きのめされたのです。というわけで、それがしも空也どのも辻無外流道場に追われる身に落ちました」

「なんとのう」

と速水が洩らした。

「空也どのはそれがしを大坂行の船に乗せると、自分は追っ手の面々を引き付けるように、ゆっくりと東に向かわれました。ここからはそれがしの想像に過ぎませんが、空也どのは辻無外流の追っ手がそれがしに向かわぬように一人《いちにん》にて引き受けられたのです」

一座に感嘆の声が上がった。

だが、実妹の睦月は、

「格好つけ屋の兄上らしいわ」

と言い放った。

「妹御ですね。このこと、だれにでもできるようでできぬことです。それがしが長年修行してきた辻無外流にも人材はおりますでな」

と撞木が言い切った。

「撞木様、お伺いしてようございましょうか」

と眉月が撞木に許しを乞うた。

なんなりと、という風に撞木が若い娘に頷き返した。

「あれにおられる重富霧子様は空也様の姉上と目されるお方です」

と前置きした眉月がその曰くを手短に告げ、霧子が姥捨の郷に迎えに出ることを告げた。

「おお、姥捨の郷には待つ人が、姉御が参られますか」

と撞木が笑みの顔で応じ、霧子が、

「空也さんはこのことを撞木様に話されませんでしたか」

「ただ、生まれ故郷が武者修行の最後の地とそれがしに告げられただけでした」

「あら、空也と撞木様は短い付き合いでありながら、長年の付き合いのように親密な語らいをしてきたのよね。にも拘《かか》わらず、なぜ姥捨の郷での姉との再会を口にしなかったのかしら」

とおこんが疑問を呈した。

しばし場を沈黙が支配した。

口を開いたのは霧子だった。

「姉の私が姥捨の郷にいることを空也さんが撞木様に告げなかったには必ずわけ

があります。それがなにか私にはわかりません」

と霧子が洩らし、

（まさか私が姥捨の郷にいることを承知ではないかしら）

と眉月も胸のなかで問うた。

ともあれ、撞木玄太左衛門がこの日から客分として尚武館坂崎道場の一員に加わることになった。

二

京の盆地の西に愛宕山三千五十尺（九百二十四メートル）が聳《そび》えている。その斜面に天台宗鎌倉山月輪寺《けんそうざんがつりんじ》がある。

この寺のことを空也に教えてくれたのは道源和尚だ。

破れ寺の野天道場で道場主の撞木玄太左衛門が、京の盆地の西に空也と同じ名の空也瀧《くうやのたき》がある、と洩らした。するとその場にいた道源和尚が、

「良き人だけが訪れることのできるという極楽寺、月輪寺《つきのわでら》がある。たしか空也瀧は月輪寺近くじゃぞ」

と言い添えたのだ。土地の人間や寺に何らかの所縁のある人は、「つきのわでら」とも呼んだ。

愛宕山は愛宕神社でもあった。

愛宕神社は火伏《ひぶ》せの神として知られ、神仏習合の愛宕山大権現《だいごんげん》・白雲寺《はくうんじ》があり、修験道《しゅげんどう》の場としても知られていた。空也上人や法然《ほうねん》上人や九条兼実《くじょうかねざね》にゆかりの寺が月輪寺であったのだ。

空也瀧は月輪寺のさらに麓にあった。

空也はまず無住の月輪寺に詣でて小さな寺の本堂に寝泊まりさせてもらうことにした。その日のうちに愛宕山の頂《いただき》の愛宕神社を訪ね、愛宕山の山並みの修験道を空也瀧まで駆け下った。

空也は、月輪寺を根拠地《ねぐら》にして愛宕神社のある愛宕山頂から山々を巡り、空也瀧に下りて落水に打たれる、

「三七・二十一日」

の修行を己に課することを決めた。

一日に一度の食事は空也瀧の麓の村落、嵯峨《さが》清滝《きよたき》の百姓家にて作ってもらうことを願った。

翌日から空也の修行は始まった。

季節はすでに冬に入っていた。

ただ腰に脇差を手挟み、手には愛用の木刀を携えて月輪寺を出るのが未明の八つ半（午前三時）、暗い山道を愛宕山へと駆け上がり、愛宕神社の拝殿の前の小さな明地で、

「朝に三千、夕べに八千」

の野太刀流の続け打ちを行い、その足で修験道の開祖役小角《えんのおづぬ》が開いた愛宕山をひたすら走り廻った。そして最後に空也瀧で汗まみれの体を清めた。

百姓家に願った質素な食事に両手を合わせて感謝して食し終わると、日暮れの山道を月輪寺に戻った。

一日の大半を修行に使い、月輪寺の本堂の片隅に身を震わせながら横たえるのはせいぜい二刻半（五時間）しかない。

寒さと飢えの身をひたすら動かし続けた。

三、四日をなんとかこなすと、空也は、

（捨ててこそ）

の無言の教え、空也上人の言葉を十六歳の若者に授けてくれた遊行僧の面影と

教えをひたすら追い求める無の境地、修験道に没入した。

　ときに雪が降る山道で修験者に会った。さような修験者は、頭襟《ときん》、鈴懸《すずかけ》、結袈裟《ゆいげさ》、最多角念珠《いらたかねんじゅ》、法螺《ほら》、斑蓋《はんがい》、錫杖《しゃくじょう》、笈《おい》、肩箱《かたばこ》、金剛杖《こんごうづえ》、引敷《ひっしき》、脚絆《きゃはん》、八目《やつめ》の草鞋《わらじ》、檜扇《ひせん》、柴打《しばうち》、走縄《はしりなわ》という十六道具が揃っている山伏《やまぶし》ばかりではなかった。

　長年の山岳信仰の修験で道具も古びて繕ってあった。

　そんな修験者に出会うと、空也は山道の傍らに避けながら合掌して擦《す》れ違った。


　愛宕山・月輪寺・空也瀧での修行が空也の心身に馴染んだ頃合い、江戸の佃島《つくだじま》沖から豊後関前藩の交易帆船に重富霧子が力之助を負《お》ぶい、眉月を伴った三人に霧子の亭主の利次郎が付き添って乗船する姿があった。

　船は尚武館坂崎道場の門弟衆や坂崎家一族、薩摩藩江戸藩邸の家臣渋谷家の人々、新しい客分の撞木玄太左衛門、さらには両替屋行司の今津屋の老分番頭ら大勢の人に見送られて、江戸の内海の奥から浦賀瀬戸《うらがせと》へと舳先《へさき》を静かに向けた。

　四つ（午前十時）の刻限だった。

　眉月は無言で見送りの人々に手を振って応えていたが、

「もはや迷うことは許されませんね」

とぽつんと呟いた。

その気持ちを察したのは霧子だった。

「はい、眉月様はこの年余、わが弟の空也の修行と同じことを続けてこられたのです。空也を迎えるに相応しいお方は渋谷眉月様一人《いちにん》です」

と言い切り、

「はい」

と眉月が素直に応じた。

「空也どのは、もはや姥捨の郷に向かっておられるかのう」

利次郎が已の考えを確かめるようにふたりに問うた。

「いえ、未だ空也瀧におられるような気がします。撞木様の話を聞いての私の考えです」

と眉月が答えた。

「亭主どの、私も弟は空也瀧で修行を続けておられるような気がします」

「となるとわれらが先に姥捨の郷に入るか」

幾たびも口にしてきた言葉を繰り返して告げた。

「いかにもさようです。久しぶりの故郷、私は楽しみです。亭主どのは神保小路の尚武館坂崎道場で門弟衆に稽古をつける日々がようございましょうな」

「うむ、なんともいえぬな。それがしが紀伊に向かうのは何年ぶりであろうか」

「私どもが江戸に戻った折り、弟の空也は三歳にございました。ただ今武者修行中の坂崎空也様は二十歳です」

「なんと十七年ぶりの姥捨の郷再訪ということか」

「私には帰郷にございます」

「利次郎様、霧子さん、私と力之助さんにとっては初めての姥捨訪問です」

と大人三人がそれぞれ言い合った。


「重富様、わっしは関前一丸《せきまえいちまる》の船長《ふなおさ》篠田《しのだ》五郎次《ごろうじ》にございます」

と声がかかった。

思い出に浸《ひた》っていた利次郎は慌てて篠田を見た。

すでに豊後関前藩の家臣として仕官し、何年もの歳月を経てきた利次郎は、江戸藩邸の中士として御番衆《ごばんしゅう》であり、藩の剣術指南でもあった。だが、新造船の関前一丸の船長とは初めての対面であった。

「船長どの、女子供連れで世話になる。紀伊国和歌山まで乗船させてもらうぞ。

そなた方の邪魔をせぬようにおとなしくしておるでな」

「ご一行様の乗船は、江戸家老様直々《じきじき》に話がございました。お内儀《ないぎ》様ともうひとりの女衆は薩摩藩の重臣の姫君とか。わっしらも粗相のないようにいたしますで、宜しゅうお付き合いくだされ」

「そうか江戸家老も渋谷眉月様のことを気になされたか」

「へえ、ただ今船室にご案内しますがな、女衆おふたりとお子にはひと部屋用意してございます。重富様は、控えの間でようございましょうかな」

交易帆船関前一丸は豊後関前藩の自前の船だった。とはいえ、基は交易船、人が乗るように設計はされていない。

「われら、徒歩で東海道を上る覚悟であったのだ。女ふたりを伴い、箱根の関所、大井川《おおいがわ》と難所を越える徒歩行を考えれば船旅は極楽道中じゃぞ。船室のことまで気を遣わせて申し訳ない」

と利次郎が応じた。

「船旅の間、若い衆をひとりつけますでな、なんなりとその者に命じてくだされ」

と十七、八と思しき若い衆を五郎次が呼んだ。

「うむ、そなた、江戸藩邸奉公の雪之丞《ゆきのじょう》ではなかったか」

利次郎が見覚えのある顔に問うた。

「はい、師匠、わっし、重富先生の稽古に半年ほど出ていた雪っぺでさ。わっしから望んで藩の船に乗せてもらったんでございますよ」

「藩邸勤めより交易船の船乗りが似合っておるぞ」

「へえ、わっしもそう思います」

と言った雪之丞が、

「師匠がたの荷はすでに船室に運んでございます。主船頭、船室に師匠方一行を案内してめえります」

と船長の五郎次に断わった。

雪之丞は眉月を見て、

「お美しいお姫様ですな、師匠」

と潜《ひそ》み声で言った。

「そなた、たしか江戸藩邸の生まれ育ちであったたな。渋谷眉月様に懸想《けそう》など決してしてはならぬ。相分かったか、雪之丞」

「へえ、主船頭から薩摩藩のお姫様と聞かされて、くれぐれも間違いのないようにお世話をしろと命じられておりますんで」

江戸藩邸育ちゆえ雪之丞は如才《じょさい》がなかった。

一行の船室は船尾の操舵場下の一室だった。藩の重臣が交易船に同乗する折りに利用する船室とか。六畳間と三畳控えの間付きだ。

「師匠、関前一丸は二年前に長崎で新造した船でさ、弁才船と異国船のいいとこどりの船ですよ。どうでしょうね、お姫様はこんな部屋で大丈夫ですかね」

雪之丞が案じて眉月を眩《まぶ》しそうに見た。

「私、薩摩藩の船で薩摩から長崎を経て江戸に船旅をしたこともございます。私に船室まで用意していただいて恐縮です」

「なんだ、お姫様は、長崎も船旅も承知ですかえ」

「雪之丞、眉月様に船旅を説く気でおったか」

「師匠、お姫様と聞かされたからよ、船旅なんぞ初めてと思ったのだ。それにしても尚武館と薩摩藩にどんな関わりがあるのだ」

「雪之丞、われら、そなたの関心を満足させるために豊後関前藩の船に乗ったのではないわ。まずこの船室じゃが」

「なんぞ足りぬか。と言われてもこの部屋の他には座敷はないぞ」

雪之丞は困った顔をしたが、

「雪之丞さん、私には十分すぎる部屋にございます」

との眉月の言葉に、雪之丞がほっと安堵の顔をした。

「ただ今、茶をお持ちしますでな」

と言い残した雪之丞が姿を消した。

「眉月様、せいぜい六日か七日で紀伊和歌山の外湊に着くと聞いております。わが妻子といっしょですが宜しゅうございますか」

「重富様、船旅を承知と申しましたよ。それにしても豊後関前藩は、なかなかの交易船をお持ちですね」

と眉月が重富夫妻を見た。

「この経緯《いきさつ》を話すにはそれがしよりわが女房がうってつけじゃ、船旅の徒然《つれづれ》に聞かれるのもよかろうか。霧子、話下手《べた》のそれがしに代わって眉月様に話をしてくれぬか」

霧子が微笑《ほほえ》んで頷いたとき、雪之丞が盆に茶碗と急須、それになんと甘味まで添えて持ってきた。

「尚武館道場の当代坂崎磐音様が関わる話です」

と前置きした霧子が話し出した。

雪之丞も茶菓を三人に配りながら聞くことになった。

その昔、豊後関前の藩財政は最悪であった。

国家老宍戸文六《ししどぶんろく》の藩政壟断《ろうだん》で六万石の藩財政は、借金だらけの苦境に陥《おちい》っていた。

そんな藩政を改革せんと企てたのが、坂崎磐音、河出慎之輔《かわでしんのすけ》、小林琴平《こばやしきんぺい》の三人の若手家臣であり、剣術仲間だった。だが、江戸藩邸から国許《くにもと》関前へ帰国する三人を待ち受けていたのは、国家老とその一派の悪辣《あくらつ》な謀略だった。

帰国一夜にして慎之輔と琴平が惨死し、慎之輔の女房であり琴平の上の妹であった舞《まい》も身罷った。帰国後祝言を挙げる予定の許婚奈緒《なお》を関前に残して、磐音は独り江戸に戻った。というのも藩の命《めい》で琴平を上意討ちにした磐音が、琴平の下の妹の奈緒と所帯を持つなど考えられなかったからだ。

「なんてこった、そんな話は知らないぞ」

と話を聞いても聞いたとはいえない立場の雪之丞がまず言った。

「あなたの生まれる前の話ですからね」

と霧子が言い、

「私や亭主どのはむろん関前藩の明和《めいわ》九年（一七七二）の悲劇は自分で見聞きしておりません。されど姥捨の郷に磐音先生と懐妊していたおこん様をお連れしたのは私ゆえ、その旅は承知です」

と言い添えた。

「豊後関前藩がなぜかような交易船を所有しているかの話がどこかへ消えたぞ、霧子」

利次郎の言葉に頷いた霧子が眉月に向かって説明を再開した。

「江戸に出た坂崎磐音様は関前藩の藩政改革を忘れてはいなかったのです。佐々木玲圓様のもとで剣術修行をしながらも、時世が、『武から商』へと移ったことを敏感に察せられた磐音様は両替商の今津屋を筆頭にした商人の助勢を得て、関前藩の改革に一浪人として藩外から手を付けられたのです。それが関前の産物を江戸に運んで売るという交易でした。

当初は、借り上げた船での交易だったそうです。関前の海産物が江戸で受け入れられるようになったのも、両替商今津屋の助けと磐音先生の真摯な人柄が江戸の商人衆に認められたからです。数年後には交易船の成果がただ今の関前藩の財政改革に結び付きました。そして、私たちがこうして乗っている関前一丸のような交易帆船を何隻《せき》も所有するようになったのです」

霧子の手短ながら壮大な話は終わった。

この場のだれもが黙って、藩を脱しても友との藩政改革にふたたび挑んだ空也の父の坂崎磐音の半生を反芻《はんすう》していた。

「霧子さん、恥ずかしながら、私は空也様の実父の坂崎磐音様を剣術家としか見ておりませんでした。あのような多彩なお方との交遊があるのは、旧藩の関前を見捨てることなく商いの道をも究められたからですね」

眉月が洩らし、

「はい、眉月様、そのとおりです。そして、その血はわが弟、空也に流れております。私どもがこのように関前藩の交易帆船に乗って紀伊の内八葉外八葉の姥捨の郷に行くのは、運命《さだめ》と思うております」

「さだめ、ですか」

「運命《さだめ》は、二十七年前の明和九年四月、関前城下の藩政改革の、あの悲劇から始まっているのです」

船室に重い沈黙があった。

「眉月様、本来、かような話は弟の空也が眉月様に直に話すべきことかと思います。つい差し出がましい口を利いてしまいました」

「いえ、姉の霧子さんからお聞きして私が姥捨の郷に参る意がはっきりしました。霧子さんと空也様の姉弟の故郷を訪ねる前にお聞きしてよかったと思うております。霧子さん、有難う」

眉月の言葉に霧子と利次郎の夫婦が頷いた。

そのとき、操舵場からか、

「船が相模灘《さがみなだ》に入ったぞ。全帆展帆《てんぱん》せえ」

と船長篠田五郎次の声が波と風の間から聞こえてきた。

「ご一統さんよ、よければ外海を見に主甲板《しゅかんぱん》に出ませんか。そのあと、夕餉を食することになります」

雪之丞が一同を見た。

「外海を見とうございます」

眉月が賛意を示し、力之助を抱えた利次郎を先頭に女ふたりが船室から主甲板に出た。

外海は珍しく穏やかだった。

「おお、力之助、相模灘の向こうに富士《ふじ》が見えるぞ」

利次郎が倅に告げた。

初雪を頂《いただき》付近に抱いた霊峰富士山は神々《こうごう》しく見えた。

「利次郎様、師匠の坂崎先生は、富士山のように大らかで無垢《むく》なお方ですね」

「眉月様、いかにもさようです。磐音先生の半生は常に驚天動地でありながら、ご当人は泰然《たいぜん》としておられます。剣の道ばかりか商の道を究めた人物が空也どのの父親です」

「利次郎様、わが父は尚武館から帰る道すがら、坂崎磐音先生の大きさを評する考えを私に洩らし、『薩摩に坂崎磐音がおればな』と嘆かれます」

眉月の言葉に頷いた利次郎が、

「それがしだけであろうか。近ごろ、磐音先生が一段と穏やかな言動に変わられたようでな」

「亭主どの、なぜそう考えられます」

「うーむ、勝手な推量じゃが、空也様の武者修行が終わりに近づき、磐音先生は代替わりを考えておられるのではないか」

霧子には、跡継ぎが坂崎空也で決まったわけではないとの考えがあった。武者修行を終える決断を空也がしたらしいことは撞木らの言葉を聞いて分かった。だ

が、修行は終わったわけではない、何事も一番危険な、

「最後の歳月」

を迎えようとしていた。そのことを眉月の前で口にするのは憚《はばか》られた。そこで、

「剣術家坂崎磐音様に隠居の二文字はございますまい」

と胸の考えとは違う言葉を利次郎に述べた。

「いかにもさようだ。磐音先生はこの富士のように堂々とした剣術家の生涯を全うされるとそれがしは確信しておる。だがな、空也どのが神保小路に戻られた暁《あかつき》、尚武館道場のどこにも磐音先生の姿が浮かばんのだ。どういうことかな、霧子」

坂崎磐音の一番弟子は、重富利次郎と筑前福岡藩《ちくぜんふくおか》に仕官した松平辰平《まつだいらたつぺい》の両人といってよかった。そのふたりのなかでも利次郎こそがだれよりも間近から磐音を見てきたのだ。

霧子から即答はなかった。それで、

「先生は常に重荷を負って生きてこられた。剣術家として晩年を迎えるにあたり、一剣者としての最期の生き方を求めておられるのではないか」

と利次郎が呟いた。

「おまえ様の申されることは坂崎磐音先生おひとりが決められることではありませんか」

「いかにもさようだ」

と応じた利次郎が眉月を見た。

「眉月様、坂崎磐音先生とおこん様が辿られた道はなんとも険しい道ですぞ」

磐音の一番弟子が非情な言葉を吐いた。

「空也様といっしょならば、眉月、坂崎磐音様とおこん様が辿ってこられた道のあとを追います。それがどのように険しくても」

利次郎は無言だったが、

「空也様と眉月様ならば必ずやり遂げられましょう」

と霧子が言い切った。

（そのとき、磐音先生とおこん様はどこにおられるのであろうか）

と利次郎は漠然と考えていた。

三

空也の月輪寺を根拠地にした「三七・二十一日」の修行は半ばが過ぎた。

その朝、愛宕山の頂の愛宕神社前の狭い庭先には初雪が降っていつもより頂を広く見せた。

空也は白い野天の稽古場でいつものように「朝に三千、夕べに八千」のうち「朝に三千」の野太刀流の素振りを繰り返した。

草鞋の紐《ひも》を締め直した空也は愛宕山の修験者の山道へと走り出した。

四半刻後、愛宕山周辺の修験路でも一番難関の「滝《たき》ノ上《かみ》」と呼ばれる地を走り下っていた。左は切り立った岩場で滝が朝日を浴びて、何十丈も下の滝壺に落ちていた。これは空也瀧とは異なる滝だ。

空也は最初滝ノ上を通ったとき、薩摩の川内川の源流、狗留孫《くるそん》峡谷の石卒塔婆《せきそとば》の滝を思い浮かべたほどの難所であった。

この朝、空也の右手から雪交じりの烈風が吹きつけていた。

前方から法螺貝の音が聞こえた。

仲間を呼んでいるのか。積雪の修験路に草鞋履きの足裏を爪先から蹴り込むように走る空也はそんなことを脳裏に思った。

吹雪の間に大日如来《だいにちにょらい》の宝冠の頭襟、尻に巻かれた鹿皮の引敷、山伏の法衣《ほうえ》、結袈裟姿の修験者が空也に向かって駆けてきた。

修験路の滝ノ上で修験者と擦れ違うには、空也が左側の滝壺の縁に立って走りを止めるしかない。

空也は迷うことなく修験者に道を譲った。すると空也を滝壺へと誘い落とすように吹雪が襲ってきた。

空也は上体を屈《かが》めて木刀を積雪に突き立て、合掌しようとした。

その瞬間、修験者は独りではなく、ふたり、いや、三人が連なるように滝ノ上へと迫っているのを見た。

空也は修験者の脚絆と八目の草鞋が妙に新しいと感じた。

その直後、先頭の修験者が左手にした金剛杖の頂に右手をやる動きを認めた。

腹に息を溜めた空也は吹雪に抗って前方へと迷うことなく飛翔していた。

物心ついて以来、小梅村の野天の道場で独り、堅木《かたぎ》の丸柱の頂を木刀で飛翔しながら打ち付ける打ち込みを為してきた足腰で虚空に飛び、空也は咄嗟《とっさ》に雪道に突き立てた木刀を摑んでいた。

そのとき、空也には見えなかったが金剛杖から抜き放たれた直刀が足先を掠《かす》めたのを感じた。

直後、空を切った仕込杖の修験者の頭襟を空也の木刀が叩いていた。

嗚呼——

長い悲鳴が響き、滝壺へと先頭の修験者が、いや、刺客が落ちていくのを意識しながら空也は雪の斜面に辛うじて落ち転がった。

二番手の修験者に扮《ふん》した刺客は、環《かん》を鳴らしながら錫杖を振りかざして襲いかかってきた。

空也は積雪の斜面に顔を埋めるようにして転がり、木刀を殺気の籠った吹雪へと向けて殴りつけた。

身を雪道に横たえたままだったが、薩摩仕込みの木刀が錫杖に絡み、二番手の刺客を滝壺へと飛ばした。

三番手の刺客はふたりの仲間が滝壺へと消えたことに不安を感じたか、空也へ走り寄るのを一瞬躊躇《ためら》った。

それが空也を助けた。

雪道に立ち上がった空也は二間の間合いで動きを止めた三人めの刺客と対峙した。

「どなたに頼まれたな」

空也の問いに相手は答えなかった。

だが、声を掛けられたせいか、三番手の刺客は平静に立ち戻っていた。

長い金剛杖を空也に向かって突き出すように構えた。空也もまた木刀を両手に守りで応じた。

吹雪が滝ノ上の難路のふたりに襲いかかった。

金剛杖が引かれ、突きの構えから変転して木刀より長い金剛杖を利して空也の頭を殴りつけようとした。

そのとき、空也の木刀は右蜻蛉に上げられていた。

金剛杖が木刀を弾き飛ばそうと打ち込まれた。

空也は飛び下がって金剛杖の打撃を避けた。間合いを空けた空也は相手より坂上にいた。

相手は坂下から吹雪に抗して金剛杖を突きかけてきた。

「もはや勝負は決しておる。だれに頼まれたな」

と空也は吹雪に抗って問い詰めるたびに冷静になっていった。

長身の空也の両手に握られた右蜻蛉の木刀が相手の突きを阻止していた。

追い詰められたのは相手だった。

空也は後退してさらに間合いを空けた。

「行きなされ」

と命じた。

迷った相手がくるりと空也に背を向けると、金剛杖の先を雪道に突いて虚空へと飛び、空也との間合いを一気に詰めて襲いかかろうと試みた。

空也が踏み込みながら右蜻蛉から掛かりを放った。

虚空で展開するという反撃に出た相手の肩口を木刀が打突した。

「うっ」

一段と厳しい吹雪が愛宕山の頂から吹き付けて、三番手の刺客の体を滝壺の上へと吹き飛ばした。

「嗚呼あー」

幾たびめか長い悲鳴が滝壺へと消えていった。

空也は修験路を見廻した。

三人の刺客を放った人物が何者か分からぬまま、しばし立ち止まっていたが意を決したように修行に戻っていった。

空也瀧に辿り着いた空也は、衣服を脱ぎ、褌《ふんどし》ひとつになり、滝の流れに身を置いた。両手で十字を切ると無心に冷たい水の襲来に耐えた。そして、血のにおいを消した。

そのとき、だれかに見られていることを感じた。が、それが現《うつつ》か幻《まぼろし》か空也には分からなかった。ただ滝の冷たさに耐えていた。


同日同刻、重富一家三人と渋谷眉月の四人を乗せた関前藩の交易船関前一丸は、紀伊の山並みが望遠できる潮岬《しおのみさき》の沖合を通過していた。

外海航海は穏やかな天気に恵まれ、初めて船に乗る力之助を含めて四人ともが船酔いに見舞われることなく、船旅を楽しんできた。

「この大きな紀伊岬の山奥に姥捨の郷があるのですね」

眉月が利次郎と霧子夫婦とともに紀伊の陸影を見ながら言った。

「はい、空也どのと霧子に縁が深い姥捨の郷は大きな岬のどこぞにあります」

利次郎が曖昧なことを告げると、腕に抱いた力之助がなにが嬉しいのか、きゃ

っきゃっと笑った。そんな力之助の頰《ほお》を触った霧子が、

「亭主どのの言葉はいささか説明が足りませぬ。眉月様、私が物心ついた姥捨の郷はまず内八葉外八葉と呼ばれる神々が大昔から住んでおられた静寂と神秘の山並みの広大な一画です。単に高野山と呼ばれた未開の地に空海上人様が『金剛峯《こんごうぶ》寺《じ》』と名付けられた修禅の地を定められました。姥捨の郷は、この空海上人の弘法大師信仰の地に接しておるのです」

と霧子が言った。

眉月はこれまで霧子がかような言辞《げんじ》を吐くことを知らなかったので、いささか驚いた。

「おお、霧子に言われて忘れておった姥捨の郷を思い出したぞ。姥捨の郷は高野山金剛峯寺に抱かれた裏高野の郷といえるな。裏高野の住人の雑賀衆《さいかしゅう》は高野山金剛峯寺と密なる関わりがあるのだったな、霧子」

「いかにもさようです。弘法大師の金剛峯寺が内八葉外八葉の表の顔ならば、雑賀衆は裏の貌《かお》といってよいでしょう」

「霧子さんは姥捨の郷の生まれではございませんでしたね」

眉月はいつぞや霧子が話したことを思い出して問うた。信仰の地を望遠してい

ることが眉月を素直にさせていた。

「いかにもさようです。私の生まれは泉州堺《せんしゆうさかい》のとある商家と推量されるそうですが、そんなお店に押し入った下忍の雑賀衆の手勢に赤子の私は連れ去られ、姥捨の郷に置いていかれたそうです。それゆえ私の記憶は、眉月様ともども訪ねる姥捨の郷が最初にございます。

私は、空海上人、弘法大師様の慈悲によりただ今の重富霧子があると信じております。磐音先生が折々申される運命《さだめ》によって生かされてきたのです。だから、こたびの姥捨の郷の訪いは、だれよりもなによりも嬉しい機会です。眉月様にも力之助にもとくと姥捨の郷を素直に知ってほしいのです」

霧子の言葉に眉月が静かに頷き、

「空也様の姉上は、なんとも優しくて頼もしいお方ですね。空也様の姉御にあたるならば、いつの日か、この眉月の義姉になられるお方です。利次郎様、なんと幸運なお方でしょう」

「眉月様、となると、それがしも空也どのと眉月様の義兄になるのかのう」

利次郎が初めて気付いたといった風な表情で言い出した。

「亭主どの、私ども血の繋《つな》がりはございません。儒教にて言われる五常《ごじよう》の徳目

『仁・義・礼・智・信』のひとつ、義のつながりです。これ以上の縁はありません」

「ほう、そうか、義のつながりか。となると霧子、それがしと坂崎磐音様の間柄はどうなるな」

「師匠と弟子、終生、そのつながりは変わりません」

　と霧子が言い切った。

　遠くにまだ見ぬ内八葉外八葉を望みながら三人の話はいつまでも続いた。

「おお、そうだ。最前な、船長の五郎次さんから和歌山城下の外湊、和歌浦にこの船が着くまであと一日だと聞きましたぞ。眉月様、改めて聞くが船旅は楽しめましたか、力之助が夜泣きする夜もありましたな。迷惑だったのではありませんかな」

　と利次郎が話柄を変えた。

「霧子さん、私、力之助ちゃんに一度たりとも迷惑を掛けられたことはありませんよ、却《かえ》って楽しい船旅ができました」

　と眉月が笑みの顔で言い、

「空也様は未だ姥捨の郷にお見えになっていませんよね」

と念押しした。

「われらが先に姥捨の郷に着くのは間違いあるまい」

との利次郎の言葉に眉月がしばし考えた。

「眉月様、どこぞ立ち寄りたいところがございますか」

霧子が眉月に問うた。

「はい、姥捨の郷に未だ空也様が着いておられないのであれば、最前、霧子姉よりお聞きした内八葉外八葉の高野山金剛峯寺に詣でて空也様の武者修行が無事果たせることを祈願したいと思うたのです。なにか差し障りがございましょうか」

「それは難しい注文ですぞ。高野山は女人《にょにん》禁制の聖地、霧子や眉月様の参拝は許されておりません」

「亭主どの、手立てはありますよ。高野山の麓に、女人高野《にょにんこうや》の慈尊院《じそんいん》がございます。修行の身の息子に会いたいと願う空海様の母上が長く逗留され、空海様も何度も山を下りて会いに行かれたというお寺です。最前、故郷のにおいを風が届けてくれたせいか、つい恥ずかしくも弁舌を揮《ふる》いました。私どもも、ぜひともこの慈尊院にて何日かお参りし身を清めて姥捨の郷に下りませんか」

と霧子が言い出し、関前一丸を下船しての日程が決まった。

そんな刻限、滝修行を終えた空也は嵯峨清滝の百姓家の台所にいた。

小さな集落清滝で百姓仕事と山での杣《そま》仕事を兼ねる家のおかみさんと婆様は、空也が昼に姿を見せて、一日一度の食事を摂《と》ることにすっかり慣れた。

「今日は少しばかり遅くはないか。吹雪のせいで足の運びがいつもより遅かったか」

杣仕事を休んで台所の囲炉裏端《いろりばた》で畑や山仕事で使う道具の手入れをしていた主《あるじ》が空也に声をかけた。

「はい、いささか雪道に悩まされました」

とだけ空也は答えていた。

猪の肉と山菜をふんだんに入れた汁とどんぶり飯を黙々と食する空也を一家がそれぞれ仕事をしながら見ていた。

「『三七・二十一日』の満願まであと五日やな。終わったら月輪寺《つきのわでら》からどこへ行かれるな、まだ武者修行は続けられますかのう」

と亭主が鎌の柄を挿《す》げ替えながら問うた。

空也が頷くと、

「お侍さんのおっ母《か》さんやお父《とう》はどこにいなさる」

と婆様が質した。

「江戸におります」

「江戸には直ぐには戻らんか」

「それがし、高野山の麓の郷を訪ねまする。内八葉外八葉の姥捨の郷という所で、それがし、その地で生まれました。それゆえ武者修行の最後の地を姥捨の郷と決めております」

「なんや、侍さんは弘法大師様の高野山金剛峯寺の麓で生まれたか。どうりで愛宕山の修験道にもすぐに慣れられたはずや」

と亭主が得心した。

「その姥捨の郷には身内がおられるな」

とおかみさんが質した。

この夫婦の倅たち三人は嵯峨清滝の山暮らしを嫌い、京でそれぞれ仕事に就いているという。

「はい。姉がそれがしの立ち寄りを待っております」

「ほうほう、姉様がのう。お侍さんの武者修行は何年やったかな」

「四年が過ぎました」

「四年か、長いのう。なんでも最後が肝心やぞ。気ぃ抜いたらあかん」

と亭主がしみじみとした口調で空也を諭した。

「はい、毎日己に言い聞かせています」

「若いうちの苦労は買うてでもせえというでな。親父様は江戸でなにをしておられる」

「父は剣道場を営んでいます」

「江戸で剣道場な、あんたさんは跡継ぎになるために武者修行に出たんやな」

と亭主が関心を示した。

空也はただ頷いた。

「あにさんの名はなんや、うちら、聞いとらんな」

「空也です、坂崎空也と申します」

その言葉に三人が、えっ、という顔で空也を見た。

「空也上人と同じ名か。それで空也瀧を訪ねてきて修験者のような修行をしとるとかな」

「はい」

空也の言葉に三人が頷き合った。

「あんたさんは空海上人と空也上人の申し子かいな、その若さで厳しい修行をやりおると思ってはいたがな」

しばし一同が沈黙したあと、

「あと五日やな、さびしゅうなる」

とおかみさんが洩らした。

猪肉と山菜汁でどんぶり飯を二杯食した空也は箸をおくと合掌した。

「月輪寺《つきのわでら》に戻りなるな」

というおかみさんの問いに頷いた空也は、

「めし代、足りておりましょうか。なにがしか入れましょうか」

「要らんいらん。倅どもが京から戻ってきたと思えば大したことあらへん。賄代なんぞ要らん」

と亭主の中松《なかまつ》が言い切って手を振った。

空也は満願の日まで淡々と黙々と修験に励んだ。

あと二日を残すばかりという日、愛宕神社で「朝に三千」の野太刀流の素振りを終えた空也は、その気配を感じとった。何者かが空也の修行に関心をしめしていた。

これまでの修行を考えれば、だれかが空也を待ち受けていても不思議ではない。ただその気配を受け止めた。

「三七・二十一日」の満願の朝、空也は戻ることはない無住の鎌倉山月輪寺になにがしかの宿代を置き、愛宕山に向かった。

腰には修理亮盛光と脇差、背には道中嚢を負っていた。

愛宕神社で最後の「朝に三千」の素振りをしたのち、修験道に駆け出した。この二日ばかり感じていた気配が消えていた。滝の上で待ち受けておるかとも考えたがやはり気配はなかった。

空也は「三七・二十一日」の修験、空也瀧《くうやのたき》に向かった。

その場に待つ人はいた。

「なんと、そなたでしたか」

離相流の槍術とだけ告げて、明石城下の魚ノ棚《うおんたな》で殴られ屋稼業の坂崎屋金兵衛こと空也と「対決」し、自分のほうから稽古槍を引くと、

「いつの日か、相見える日がござろう」

と言い残して去った人物だった。

まさか修験者に扮した三人の刺客を送り込んで空也の対応を見た人物かと一瞬考えた。が、空也はその疑いを口にすることはなかった。

「何用でござろうか」

「明石城下での約定じゃ。坂崎空也どの、そなたと尋常勝負を所望する」

名も知らぬ相手が刀の鯉口を切った。

「それがし、約定をした覚えはございませぬ。そなた様は、ただ『いつの日か、相見える日がござろう』と言い残されただけです」

「それが武芸者同士の約定じゃぞ」

と言い放った。

空也は、この人物が三人の刺客を修験道の滝の上に送り込んだ人物と確信した。もはや選ぶべき道はひとつしかないと思った。

四

「畏って候」

と受けた空也の、

「姓名の儀は」

との問いに無言の答えが返ってきた。

「流儀はいかに」

「離相流剣術」

短い返答だった。

離相流槍術は、飯篠若狭守《いいざさわかさのかみ》にも繫がる槍術だ。だが、離相流に剣術があるとは空也は知らなかった。あるいは造り話か。

いま一度空也は生死の戦いの相手の名を問うた。

「武術家に名など不要」

名も明かさぬ人物の言葉に真実の一片もあるとは信じられなかった。ただ、稽古槍と竹刀で対峙した経験から、技量はただ者ではないと承知していた。

相手はすでに鯉口を切っていた。

空也は相手の存在を無視して修理亮に手を掛けることなく空也瀧へとつかつかと入っていった。いつも褌ひとつで滝行をなす流れの下だ。一瞬にしてずぶ濡れになったが空也は委細かまわなかった。ただ、滝の向こうでくるりと相手を見た。

相手は一瞬迷ったが空也同様に滝壺に飛び込み、落水の手前で立ち止まった。

両者は空也瀧を挟んで向き合った。

生死を賭けた戦いになると空也は覚悟した。

(捨ててこそ)

と空也上人の言葉が脳裏に浮かんだ。

「参ります」

と空也が名乗らぬ相手に宣告した。

直心影流か、と一瞬迷った空也は修理亮盛光の鯉口を咄嗟にくるりと返した。

つい最前まで打刀は、修理亮の刃は上を向いていた。

「うっ」

と対決する剣術家の口から思わず驚きの声が洩れた。踏み込もうとした相手が咄嗟に後ろ下がりに飛んで間合いを空けた。空也の動きに咄嗟に応えていた。

滝の流れに赤く染まった紅葉の葉が一枚、滝壺へと落ちていくのを空也は見た。

恐るべき勘だ。

あのまま相手が踏み込めば、空也は修理亮を下刃のまま右足を踏み込みざまに一気に抜き上げて相手を斬り上げていたろう。葉が水面に落ちる間に三度下刃を抜き打ち、刃を鞘に納めてふたたび抜き打つ薩摩剣法独創の抜きが相手を斬り上げていたと空也は確信していた。だが、間合いを空けて様子を見た瞬間、下刃になった修理亮の、

「抜き」

は無益になった。

空也は下刃にしたまま動きを止めた。

相手は空也の一瞬の動きを、間合いを空けることで避けていた。野太刀流の薩摩剣法の一撃を防いだのだ。改めて抜きでは攻められなかった。

間合いを空けた両者は静かに見合った。

空也は離相流剣術を知らず、相手もまた薩摩剣法の抜きの動きに戸惑っていた。

相手は一瞬にして、空也が直心影流の構えと動きではないことを察し、戸惑いをたちまち平静に戻した。無言裡に呼吸を整え、左手を鞘にかけ、右手はだらりと下げた。

空也を凝視して動きを牽制《けんせい》しながら、剣をゆっくりと抜いて八双に置いた。

見事な八双だった。

空也はただ相手の対応を静かに見ていた。

両者の間合いは二間ほどだ。

お互いが相手の攻め方が分からぬまま、空也瀧を挟んで対峙していた。

不動のまま長い対決が続いた。

空也瀧は初冬の冷たい水で絶えず両人の五体を濡らし、動きを奪おうとしていた。

木立の間から光が洩れて滝を浮かび上がらせた。

空也はそろりと下刃の修理亮盛光を抜いて右蜻蛉に差し上げた。

お互いが剣術家として想定した一撃目の攻めを捨てざるを得なかったのだ。

右蜻蛉を見た相手が、

「薩摩剣法か」

と洩らした。

空也は無言だ。

八双と右蜻蛉。

両者、空也瀧を挟んで上段に刀を構え合って時が経過していく。滝の流れが体の動きを奪っていくことを知っていた、恐れていた。

滝壺を挟んで鳥居があった。

人の気配がして柏手《かしわで》が打たれた。

その瞬間、名乗らなかった武芸者が踏み込んできた。空也は相手の動きを見つつ後《ご》の先《せん》で応じた。

寸毫早く滝の流れに踏み込んだ相手が八双の剣を空也の脳天に落とした。

その動きを見つつ、空也は右足を踏み出し、修理亮盛光が滝の流れを両断するように放った。

八双の攻めと右蜻蛉からの野太刀流掛かりが空也瀧の流れのなかで交差した。

先に踏み込んだ対峙者の剣が、八双からの刃が迅速果敢に落ちてきた。

空也は相手の動きを見つつ、「三七・二十一日」の滝行で足裏が承知している滝壺の底の岩場をしっかりと捉えた掛かりで相手の肩口を寸毫早く斬り下げた。

掛かりが八双からの攻めを抑えた。

鳥居から悲鳴が上がった。

滝の水を浴びながら名も告げぬ離相流剣術家が立ち竦んだ。その手から剣が滝壺へとゆっくりと零《こぼ》れて落ちた。

ゆらり
と体を揺らした相手が下半身を滝に浸けた空也を見て、

「恐ろしや、坂崎空也」

と呟きを残したまま滝壺に沈んでいった。

空也はその姿を見ながら、

（八番勝負）

と胸中で唱え、滝の流れで修理亮盛光の血を流すと鞘に納めた。そして、空也は瀧の滝壺に向かって合掌していた。

淡路島の洲本《すもと》の浜辺で千代丸が悠然と飛翔していた。愛鷹を遊ばせているのは佐伯彦次郎だ。

どこからともなく呼子が鳴り響き、千代丸が動きを変えて下降してきて彦次郎の籠手《こて》に乗った。

旅仕度の伴作老人が姿を見せた。

この数日、淡路島を離れて対岸の紀伊の国に渡っていた伴作が千代丸に鶉《うずら》の生肉を与えた。

「坂崎空也が姥捨の郷とやらに姿を見せたわけではあるまい」

「若、坂崎空也の気配はないな」

「だれぞが内八葉外八葉に参ったか」

「おお、江戸から豊後関前藩の交易船が和歌浦に立ち寄ってな、子供連れの三人の男女を下ろすと早々に立ち去ったわ」

「何者か」

「ひとりは尚武館坂崎道場の高弟にして関前藩家臣の重富利次郎、もうひとりはその内儀の霧子とふたりの間の幼子、力之助じゃ」

「ほう、姥捨の郷に尚武館から迎えが出ておるか」

「内儀のほうじゃがな、忍びの技を承知でな、霧子と呼ばれておる。この霧子が姥捨の郷と深い関わりがあるらしい。空也の姉と自称しておるぞ」

「武者修行者の迎えの姉様が下忍か」

　と訝しく応じた彦次郎が三人目はだれか、と問うた。

「それがな、奇妙なことでな、薩摩藩八代目島津重豪公の元御側御用、渋谷重兼の孫娘、重富夫婦から眉月様とか姫とか呼ばれる、見目麗《みめうるわ》しい娘よ」

「坂崎空也に関わりの者か」

「そこまでは調べがつかなんだわ。ともかく坂崎空也を迎えに出たことはたしかじゃ。これで坂崎空也がわしらの調べどおりに姥捨の郷に立ち寄ることが決まったと思わぬか、若」

「島も飽きたな」

「ならば紀伊に渡るか。金子がな、あちらでの下調べに使うて乏しくなった」

「淡路島では稼げまい」

「無理じゃな。紀伊国は御三家のひとつじゃぞ、和歌山城下ならばいくつか十両勝負ができる道場の当てをつけてきた」

「ならば明日にも紀伊に渡るか」

「紀伊藩所領で坂崎空也の立ち寄りを待とうか」

主従の間で今後の予定が決まった。


力之助を負ぶった霧子は久しぶりの姥捨の郷を無言で凝視していた。

十七年ぶりの故郷だった。

高野山から姥捨の郷を結ぶ空の道一ノ口の坂道の途中からだ。

紅葉に包まれた内八葉外八葉のなかに美しい姥捨の郷があった。

眉月も黙り込んで郷を見ていた。薩摩の景色とは全く異なる美しさで、謎めいた神秘が漂っていた。眉月は空海上人が開いた信仰のせいかと考え、

（いや、これは姥捨の郷の雑賀衆が育て上げた極楽浄土の美しさ）

と思った。

「霧子、われらが知るお婆様《ばば》方は生きておられまいな」

と利次郎が問うた。

だが、霧子から返答はなかった。ただ忘我として故郷を見ていた。

「霧子、大丈夫か」

「はっ、なんと申されました、おまえ様」

と霧子が不意に利次郎に応じた。

「われらが知るお婆様はもはや存命ではあるまいな、と問うたのだ」

「うっかりとしていましておまえ様の言うことを聞き逃しました。もはや私たちの知るお婆様がたは生きてはおられますまい、新たなお婆様ががおられましょう。されど姥捨の郷が私の故郷であることに変わりはございません。必ずや私どもを受け入れてくれます」

「おお、そのことをこの重富利次郎も努々《ゆめゆめ》疑ってはおらぬ」

と霧子に話しかけた利次郎が、

「力之助をそれがしに抱かせよ。そなたの故郷をとくと見せようではないか」

と霧子の背から受け取った。

「見よ、ここが姥捨の郷ぞ。そなたの母御の育った地じゃぞ。そなたの故郷でもあるわ」

としみじみという利次郎の言葉と霧子の態度に眉月は感じ入った。そして、

（空也様の故郷でもある姥捨の郷が私の故郷にもなりますように）

と二晩三日、女人高野の慈尊院の宿坊に起居し、空海上人に空也の武者修行が無事に果たされる助勢を願った。

「力之助、麓の寺で覚えたな。なむだいしへんじょうこんごう、と唱えてみよ」

と幼子に願ったがまだ口が回らなかった。

「眉月様、霧子、参ろうか、われらが故郷に」

利次郎の言葉に霧子と眉月のふたりの女が頷いた。


江戸・神保小路。

尚武館坂崎道場に小梅村坂崎道場の田丸輝信に連れられて棒術の兵頭留助と見習い門弟の鵜飼武五郎が姿を見せた。

本家の道場は相変わらずの大賑わいだ。道場に足を踏み入れようとした武五郎

が、

「田丸師匠、おれさ、こっちの道場が似合っていると思わないか」

と思わずほざいて慌てて辺りを見回した。

「武五郎、そのほうが探しているのは重富霧子さんではないか」

と輝信が言った。

「師匠、霧子様は不在かね」

「おお、そろそろ紀伊国に着いていてもおかしくあるまい」

「はっ、紀伊国に出張《でば》っておられますか。しめた、あのお方が不在なれば不肖鵜飼武五郎、本日ただ今より神保小路の尚武館の門弟に戻るぞ」

「いや、その言葉遣いが直らぬ以上、当分小梅村道場暮らしと思え」

「えっ、いつまでだ」

「さあてな、坂崎磐音大先生のお許しがなければ神保小路の門弟には戻ってはならぬ。そのうち、霧子さんも戻ってこられるぞ」

「わおっ、おりゃ、霧子様は苦手だぞ」

鵜飼武五郎が愕然《がくぜん》とした。

「おや、小梅村のご一統、神保小路に出稽古ですか」

と中川英次郎が声をかけた。

「偶には兵頭留助どのを神保小路の風に触れさせようと思いましてな。小田平助客分は庭で稽古ですかな」

「いかにもさよう」

「ならば兵頭客分、庭に参られませんか」

との田丸の言葉に兵頭留助が頷き、

「おれ、道場に通らせてもらいます」

とだれとはなしに言った武五郎が、

「ほれほれ、武五郎、おれなどというておる以上、そのほうも庭で小田平助客分の槍折れの稽古をしてまいれ」

と田丸輝信に命じられた。

「えっ、小梅村で棒術、神保小路でも庭先で槍折れか」

「文句などいう資格はなしだ。武五郎、平助様にしっかりと槍折れを指導してもらえ」

との田丸の言葉に兵頭留助と武五郎のふたりが庭に廻った。

「若先生、重富利次郎一行はもはや和歌山に到着していましょうな」

田丸輝信が中川英次郎を若先生と呼んだのは磐音の娘婿だからだ。

「関前藩の交易船と知り合いの船問屋の船が新宮《しんぐう》の沖合にて擦れ違ったそうな、何日も前のことです。となると、和歌山城下の外湊、和歌浦に到着して関前一丸から一行は下船していてもおかしくはありませんな。ということは、渋谷眉月様も重富一家も姥捨の郷なる地に到着しておられるのではございませんかな」

英次郎が坂崎家で幾たびも話された問答を口にし、田丸が大きく頷き、

「空也さんが姥捨の郷に先に入られたということはありましょうかな。そなたの舅様はどう考えておられましょうか」

と磐音の考えを気にした。

「そのことです。磐音先生の武人の勘は、倅、未だ武者修行の最中と思案しておられます」

「そうか、実父の磐音様は、空也どのは未だ武者修行と考えておられますか。となると、利次郎一行は姥捨の地で長いこと待つことになりませんか」

「それを覚悟の前で霧子さんも眉月様も出立されたのです。本来ならば一行は東海道を京へと下る道中でしょう。船は風次第で徒歩よりも断然早いですからな」

と英次郎が遠くを見る眼差しで言った。

京の四条大橋《しじょうおおはし》の西詰めで一人《いちにん》の若い武芸者が鴨川《かもがわ》の流れを見ていた。空也瀧で、名も告げなかった離相流剣術の武芸者と死闘を演じた坂崎空也だった。

あの日、八番勝負に勝ちを得た空也は、滝壺から対決した武芸者の骸を引き上げた。そんなところに嵯峨清滝の集落から綱や戸板を手にした男たちが姿を見せた。清滝の男たちの大半は杣人《そまびと》といえた。山で遭難した人の骸を集落に下ろすのは手慣れていた。

男たちのなかに空也の顔見知りがいた。「三七・二十一日」の修験をしていた空也を承知で、一日一度の食事を拵えていた百姓家の主、中松だった。

「空也さん、相手は曰くのある御仁かな。空也瀧を挟んで斬り合いをしたのを鳥居の前から杣仲間が見ていてな、うちに知らせたんじゃ」

「それがしが明石城下で殴られ屋稼業をしている折り、客として立ち合ったことがございます。その折りも名乗られませんでした」

と空也は手短に骸の主と初めて会った折りの印象とここ数日見張られていたことを告げた。

「名も知らんでは役人に届けもできんな。武芸者同士の尋常勝負ということで郷の寺で埋葬するしかないか」

と言った中松が仲間たちに指図して骸を戸板に載せて郷へと運び下ろしていくことにした。

「中松の旦那、この御仁の道中嚢じゃ、渡しておこう」

中松に渡された道中嚢のなかに、弔い代と書かれた紙片が見つかり、そこに一分が包まれていた。

「空也さん、このお方、死に場所を探していたのではなかろうか」

「死に場所を探し求めていた相手とそれがし、真剣勝負を為したのですか」

「さあてな」

と首を傾げた中松が道中嚢を隅々まで探したが、身許を記した書付も道中手形もなかった。

空也瀧から嵯峨清滝に下りながら、空也は中松といっしょに郷に向かった。

「空也さんは江戸の道場の跡継ぎじゃったな」

「武者修行を為したのは道場の跡継ぎになるためではございません。ただ、父が歩いた道をそれがしも経験したかっただけです」

「この骸の主といい、坂崎空也さんといい、剣術家は妙なお方ばかりやな」

と中松が言ったものだ。

嵯峨清滝の山寺で通夜と弔いを施主として務めた空也は、京へと下ってきて四条大橋の西詰めに足を止めたのだ。

名無しの武芸者との勝負が武者修行の最後の戦いなのか、と空也は考えながら、橋を渡って祇園感神院《ぎおんかんしんいん》へと足を向けた。

(霧子姉ならば姥捨の郷で空也を必ずや待っていてくれる)

と考えながら、

(このままでは修行は終われない)

と空也は思った。

文春文庫

名《な》乗《の》らじ
空也《くうや》十番勝負《じゅうばんしょうぶ》（八）

定価はカバーに表示してあります

2022年9月10日　第1刷

著　者　佐伯《さえき》泰英《やすひで》

発行者　大沼貴之
発行所　株式会社 文藝春秋

東京都千代田区紀尾井町 3-23　〒102-8008
TEL　03・3265・1211㈹
文藝春秋ホームページ　http://www.bunshun.co.jp

落丁、乱丁本は、お手数ですが小社製作部宛お送り下さい。送料小社負担でお取替致します。

印刷製本・凸版印刷

Printed in Japan
ISBN978-4-16-791930-6

空也十番勝負

坂崎磐音の嫡子・空也。
十六歳で厳しい武者修行の旅に出た
若者の前に待ち受けるものは――

①声《こえ》なき蟬（上・下）
②恨《うら》み残《のこ》さじ
③剣《けん》と十字架《じゅうじか》